AF200635

# Megalonisos

Brigitte Descho

# Megalonisos

**Die ungeplante Reise ohne Ticket**

*Bibliografische Information der Deutschen Nationalbibliothek: Die Deutsche Nationalbibliothek verzeichnet diese Publikation in der Deutschen Nationalbibliografie; detaillierte bibliografische Daten sind im Internet über http://dnb.dnb.de abrufbar.*

*© 2018 Brigitte Descho*
*Illustration: Brigitte Descho*

*Herstellung und Verlag:*
*BoD – Books on Demand, Norderstedt*

ISBN: 9783748171201

# Inhalt

## VORWORT

Eine unendlich lange zurückliegende Geschichte, die sich im Traum entwickelt hat, muss ich endlich aufschreiben. Es war der 14. Juli 2017, ausgerechnet der französischen Staatsfeiertag.

Fürchterliche Schmerzen zwingen mich, einen Arzt aufzusuchen, um mich behandeln zu lassen. Der Arzt sah das Ergebnis meiner geschwollenen Beine. So tat er seine Arbeit und ich plagte mich durch meine Angst, es wäre jetzt an der Zeit, den „Löffel" abzugeben.

Mehrere schlaflose Nächte hatte ich bereits hinter mir. Deshalb legte ich mich im Behandlungszimmer des Arztes auf eine Liege und ließ mit mir geschehen, was sein musste. Ich rief meinen Steuerberater an und bat ihn, wenn mir etwas Schlimmes passiere, meinen Bruder Josef zu verständigen, damit man mich entsprechend versorgt. Es verging etwas Zeit, bis der Arzt wieder ins Behandlungszimmer kam. Die ruhige Situation ermöglichte es mir, meinen verlorenen Schlaf nachzuholen.

Kaum war ich eingenickt, hat mich die Traum-Fee auch schon sanft in ihrem Traum aufgenommen. Unendlich weite Felder waren mit Mohn- und Kornblumen übersät. Sie zeigten sich in den schönsten Farben, wie wir uns das niemals vorstellen können. In unseren Träumen gibt es Möglichkeiten, wo uns das Leben unsagbar schön und bunt erscheint. Meine Beobachtung konnte von den Farben nicht genug bekommen und erfreute sich der traumhaft schönen Geschichte, die mir geboten wurde.

Als mein Arzt mit viel Gepolter wieder ins Zimmer kam, wurde ich aus den schönen Träumen aufgeweckt und den Tatsachen des täglichen Lebens gegenüber gestellt.

Die schönen Träume gaben mir aber auch die Intuition, dieses Buch zu schreiben. Es ist eine Geschichte aus einer Zeit, als wir jung waren.

Von Paris nach Hamburg: Die Autorin im Alter von 28 Jahren.

## Und hier beginnt die Geschichte

Ein sehr lieber Freund, den ich mehr als 50 Jahre weder gesehen, noch gesprochen, noch ihm geschrieben habe, kam ganz plötzlich in meinen Kopf und es machte mir den Eindruck, als wolle er mir etwas Wichtiges mitteilen.

Mein erster Gedanke war, dass es ihm hoffentlich gutgehe, denn wie sonst soll ich 50 Jahre schweigende Vergangenheit verstehen? Viele Fragen, die ich mir nicht erklären konnte, tauchten auf. Warum kommen tausende Kilometer so nah an mich heran? Wie kann es sein, meine Erinnerung dermaßen zu beeinflussen, was verunsichert mich? Ich war davon überzeugt, der Sache auf den Grund gehen zu müssen.

## Multikulturelle Veranstaltung

Derzeit bin im Besitz der dritten Nationalität, aber ich fühle mich zu keinem Land besonders hingezogen. Mich interessieren Menschen, die dort leben. Ich bin überzeugte Pazifistin, die zurzeit in Deutschland lebt. Insofern fühle ich mich verpflichtet, den europäischen Gedanken zu fördern.

Am Wochenende war ich zu einer multikulturellen Veranstaltung eingeladen worden, wo viele Menschen verschiedenster Hautfarbe und Herkunft feierten. Sie tanzten, lachten, und aßen ihre sehr guten Speisen, die sie selbst mitgebracht haben. Sie redeten miteinander, und es ist kein Stress bezüglich ihrer Konfession oder Kultur aufgekommen. Weder Neid noch Missgunst haben die Anwesenden davon abgehalten, miteinander zu feiern. Niemand fragte nach Nationalität und schon gar nicht nach irgendwelchen Glaubensrichtungen. Sie haben sich allesamt so akzeptiert, wie sie sind.

Was ich daraus erkannt habe, ist die Tatsache, ich muss mich viel mehr einsetzen und den europäischen Gedanken so sehr unterstützen, damit politische Machenschaften wie Nationalitäten etc. keine so große Wichtigkeit mehr in unserer Gesellschaft einnehmen und wir ruhig miteinander leben können. Zufällig kam ein Gespräch auf eine Situation, die die Zyprioten täglich in ihrem Land erleben.

Besitzansprüche wie Grundbücher und Katasteramt etc. haben dort keine Gültigkeit. Sobald zwischen Griechen und Türken Unstimmigkeiten produziert werden, müssen die zwei Völker ihre Häuser und ihr Hab und Gut verlassen und in die andere Hälfte des Landes ziehen. Die Konfessionen haben dort eine so große Macht, die den Menschen keine Sicherheit auf ein normales Leben bietet.

Sie leben in einer großen Anspannung und in einer sehr großen Angst, ihrer Habe beraubt zu werden und ihre Nester zu verlieren. Das sind Lebensmöglichkeiten, über die wir uns nicht die geringsten Gedanken machen.

Wir streben ein vereinigtes Europa an. Wie sollen wir ein europäisches Bewusstsein entwickeln, wenn die vielen Nationen, die Europa ausmachen, keine gleichen Rechte haben, und keine gleichen Pflichten übernehmen wollen.

Wir sollten Ideologien der verschiedenen Völkerstämme in Europa aufnehmen und sie als Ganzes betrachten. Das bringt nicht nur wirtschaftlichen Reichtum, sondern auch viel mehr menschliche Zusammengehörigkeit und Wertvorstellung.

## Die Abstammung unserer Familie

Dort wird die Religion streng eingehalten. Die katholische Sippschaft achtet und überwacht akribisch unsere Wurzeln. Durch verschiedene Kriegswirren konnte die Herkunft unserer Familien nie ganz klar gekennzeichnet werden. Das brachte natürlich einige Unsicherheiten mit sich.

Alleine der Name unserer Mutter, Katharina Lafleur, bestätigt in etwa unsere Abstammung. Immer wieder müssen wir unsere Herkunft erklären, was bei diversen „Geistesblitzen" sehr oft zu Missverständnissen führte.

Nun möchte ich einiges zur Lebensauffassung unserer Mutter erläutern. Vorher will ich aber klar stellen, dass ich meine Mutter sehr geliebt habe. Oft war es für mich nicht zu begreifen, wie naiv sie manchmal an eine Sache heran ging. Menschen unterhalb der Gürtellinie zu erfassen war total verpönt. Und der Gedanke, eine Frau studieren zu lassen, fiel in jedem Falle flach. Es wäre ja möglich, dass sie Kontakt zum anderen Geschlecht bekäme, und das musste in jedem Fall verhindert werden.

Was hätte da nicht alles passieren können!! Wenn ich grelle Farben in meiner Kleidung aussuchte, sagte meine Mutter: „Kind, so kannst du doch nicht herum laufen! Was werden denn die Leute sagen?" Diese Information konnte ich nur noch schreiend ertragen.

Deshalb hieß es nur, eine Frau gehöre hinter den Herd, denn sie werde irgendwann geheiratet und Studieren komme somit nicht in Frage. Wer soll denn sonst die Kinder bekommen?

Als hätte die Frau keine Rechte, ihre eigenen Entscheidungen zu treffen. Oder soll sie nur eine Gebärmaschine sein? Heiraten oder nicht, das lassen wir jetzt einfach dahingestellt. Als ich meinen Eltern klar machte, dass ich studieren will, fielen sie aus allen Wolken und schrien, als sie sich von ihrem Schock erholten: „bisch varuckt gsie??" (Jetzt bist du ganz verrückt).

## Genehmigung von meiner Mutter

Es dauerte sehr lange, bis ich meinen Willen durchsetzen konnte. Und als ich endlich die Genehmigung von meiner Mutter bekam, nach Wien reisen zu dürfen um dort die Matura zu machen, fiel mir ein großer Stein vom Herzen. Allerdings gab sie mir den Hinweis, dass ich von zuhause kein Geld zu erwarten habe. Für meine Kosten müsse ich selbst aufkommen. Etwas Wichtiges gab sie mir noch mit auf den Weg, dass sich bei mir wie ein großes Mauerwerk festgesetzt hat: „Wehe du kommst mit einem ledigen Kind nach Hause!". Was das auch immer bedeutet, ist mir bis heute nicht klar. In meinem Leben ist mir ein verheiratetest Kind noch nie untergekommen.

Der erste Schritt war getan und den Zweiten werde ich auch noch schaffen. Meine Mutter suchte mir in Wien eine Unterkunft in Verbindung mit einer Arbeit und so war der Weg in die „Geisteswissenschaften" geebnet. Damals arbeitete ich bei einem Obstgroßhändler, wo ich morgens um vier Uhr Bananen zum Naschmarkt bringen musste.

Damit die Kunden ihre Ware bis spätestens acht Uhr vor Ort haben sollten, musste ich mit meiner Lieferung schnell und pünktlich sein. Die Naschmarkverkäufer erwarteten von mir ihre Ware immer zur gleichen Zeit. Sie wiederum wollten ihre Endverbraucher ebenso schnell beliefern.

Immer, wenn frische Bananen in mehreren Wagons am Zoll ankamen, war es unsere Aufgabe, diese abzuladen und in die Reifekammern des Unternehmers zu bringen. Es war eine sehr schwere Arbeit, die eigentlich nur für Männerhände gedacht war.

Eines Tages, als mir der Besitzer des Unternehmens, ein ekeliger, nach Schweiß stinkender Gnom, an die Wäsche wollte, habe ich ihm erstmals eine verpasst, einen kräftigen Schlag, den er so schnell nicht vergessen würde. Diese nach Schweiß stinkende Kaulquappe hatte mit meiner Reaktion wohl nicht gerechnet. Notgedrungen musste ich nun eine andere Stelle finden, denn dieses Ekelpaket hatte sich so aus der Affäre gezogen, als hätte ich mich ihm genähert. Mit Schaudern erinnere ich mich an diesen Augenblick.

# Mein Freund „Zufall"

Mein Freund „Zufall" spielt in meinem Leben immer eine sehr große Rolle, so auch diesmal. Beim Spaziergehen im Volksgarten traf ich eine sehr nette Bedienung der Gaststätte „Wienerwald". Heulend erzählte ich ihr von dem Vorfall bei dem Großhändler. Sie war darüber so erbost, dass sie mir gleich eine Stelle als Schankkellnerin anbot, wo ich weit mehr Geld verdienen und so mein geplantes Studium besser bewältigt konnte als bei dem Vorgänger.

Zu meinem Glück bot sie mir auch noch die Möglichkeit, so lange bei ihr übernachten zu können, bis ich wieder eine geeignete Unterkunft gefunden habe. Manchmal dauerte ein Tag gefühlte 48 Stunden. So musste ich meine Zeit besser einteilen und deshalb habe ich meine Arbeit auf das Wochenende verlegt, wo ich konzentriert mehr Einnahmen erzielen konnte. Ich war freundlicher, ausgeschlafener und netter zu den Gästen und das brachte mehr Geld in mein Portemonnaie.

Wie schon erwähnt, spielt mein Freund „Zufall" in meinem Leben stets eine große Rolle. Ein Gast der Staatsoper kam auf mich zu und fragte mich, ob ich es denn nicht mal mit Singen versuchen wolle? Schließlich hätte ich doch eine ganz schöne Stimme, wie man hört. Meine Arbeit habe ich sehr gerne trällernd erledigt, was ihm wohl aufgefallen ist. Er ermutigte mich, in der Staatsoper vorzusprechen. Wenn ich schon eine so seltene Stimme habe, könne diese den anderen Menschen nicht vorenthalten werden, meinte er. Der liebe Gott hat sich bestimmt etwas dabei gedacht, als er mir das Leben gab und meine Stimme dazu. So bin ich dem Gast der Staatsoper gefolgt und nahm sein Angebot an. Sogleich stellte ich mich beim Chorleiter der Staatsoper vor, der mir dann auch eine Stelle als Sängerin anbot.

Nach meiner Auffassung muss der Gewinn immer im richtigen Verhältnis zum Einkommen stehen. Das Singen in der Staatsoper machte mir zwar Spaß, aber die Einkünfte waren eher kläglich. Was tun, sprach Zeus? - Ich entschloss mich, das Pensum meiner schulischen Ausbildung so schnell, wie möglich hinter mich zu bringen, um dann endlich richtig loslegen zu können.

## PAN AMERICAN

Es war an der Zeit, mein monatliches Einkommen zu verbessern. Angestrengt suchte ich eine Möglichkeit, den Gewinn meines Gehalts zu verdoppeln.

Mein Freund „Zufall" spielte mir auch diesmal eine tolle Stelle bei PAN AMERICAN im Vienna Intercontinental zu. Eine kurze Ausbildung im kompletten Accounting gab mir dort erst in der Rezeption, dann in der Geldwechselabteilung und anschließend in der Überprüfung des Personals eine beachtliche Position, die mir u.a. jeden Monat für drei Tage kostenfreie Übernachtung mit Vollpension im Hotel ermöglichte. Um entsprechend reagieren zu können, mussten Fehlbuchungen immer vor den Personalabrechnungen entdeckt werden, damit die Übeltäter zur Raison gerufen werden konnten.

Irgendwann hatte das Personal meine Position erfahren, deshalb war es für die Direktion sehr wichtig, mich in Sicherheit zu bringen und so wurde ich durch eine andere Person ausgetauscht. Schade eigentlich, denn diese Arbeit hatte mir sehr viel Spaß gemacht.

Um meinen Lebensunterhalt zu sichern, hieß es jetzt erneute, wieder eine neue Stelle suchen. Zahlen sind etwas sehr Schönes; denn sie lassen uns Tatsachen erkennen, die im geeigneten Augenblick nicht widerlegt werden können. Ein sehr guter Freund fragte mich vor einiger Zeit, was ich denn mache, um mein geplantes Ziel zu erreichen.

Ich plane nicht, ich mache; war meine Antwort! In dem Wort „Machen" spielen zwei Faktoren eine große Rolle, nämlich: entscheiden und Macht haben und die Entscheidung voran zu treiben. Meine Entscheidung war daran gekoppelt, mein Dasein mit Freude zu erleben und den Sinn des Lebens in positiver Erwartung sich entwickeln zu lassen.

Der Vorteil dafür ist, keine Unsicherheit zu erleben, die mir das Fortkommen erschwert und mir Schaden zufügen kann.

## Katholische Einstellung, Namensänderung, Künstlername

Im letzten Jahr meines Aufenthaltes in Wien besuchte ich täglich die Staatsoper entweder vor oder hinter der Bühne. Das Beste, was ich aus dieser Zeit mitgenommen habe, war meine Namensänderung: Brigitte Deugeot. Das Recht dazu gab mir meine künstlerische Tätigkeit.

Die vielen Kontakte, die mir durch die Staatsoper geboten wurden, gaben mir verschiedene Möglichkeiten, durch die ich mein Ziel schneller erreichen konnte. Dort lernte ich ein Mädchen kennen, das scheinbar mit Männern schon sehr viel Erfahrung hatte. Eines Tages fragte sie mich: „Hast Du schon einmal mit einem Mann geschlafen?" Ich entgegnete darauf: „Mit einem Mann geschlafen? Ich habe vier Brüder, die haben alle in Ihren eigenen Betten geschlafen und ich in meinem. Nein, natürlich habe ich noch nie mit einem Mann geschlafen."

Daraufhin fing sie fürchterlich an zu lachen und erklärte mir, was sie meinte. Selbst nach der Erklärung war mir ihre Information nicht besser bekannt. Langsam wurde ich unruhig und meine Überlegung brachte mich zum Ergebnis, endlich auf Kurs zu kommen.

# Stehplatzmöglichkeiten in der Staatsoper

In der Staatsoper gab es zweierlei Praktiken. Entweder man war Komparse und konnte sein Geld hinter der Bühne verdienen oder man war in dem „offenen Geheimnis der Stehplatz-Praktikanten" eingeweiht und konnte die Opernaufführungen vor der Bühne genießen.

Das Geheimnis der Stehplatzleute bedeutete, dass die ausgegebenen Karten für jeden Tag eine eigene Nummer aufwiesen. Sobald man zwei gleiche Nummern hatte, wusste man, jetzt habe ich einen Opernabend kostenfrei.

So kam es, dass der Stehplatz an manchen Tagen doppelt belegt war, und die Enge der einzelnen Reihen konnte man kaum ertragen. Natürlich war dieses System der Direktion bekannt, aber scheinbar hat man da beide Augen zugedrückt, um den Studenten den Vortritt zu lassen, die mehr Sachverstand zeigten, als manch gut zahlende Besucher, deren Garderobe wieder einmal ausgeführt werden sollte.

In den Aufführungen brachten Studenten immer sehr viel Stimmung mit. Besonders dann, wenn Sänger die entsprechenden Musiknoten nicht oder nur halb erreichen konnten.

Eines Abends stellte sich ein stattlicher Wiener mit seiner Partitur neben mich und versuchte mir eifrig klar zu machen, eine Partitur lesen zu können. Ich war schwer beeindruckt, denn Besucher, die eine Note lesen können, sind schon einigermaßen angesehen.

Um mich über meinen Wissensstand abzufragen, versuchte er dann mit mir ins Gespräch zu kommen. Offensichtlich muss ich mich nicht ganz so blöd angestellt haben, denn er machte den Vorschlag, nach der Oper noch etwas trinken zu wollen und ob ich denn auch Lust dazu hätte?

Als ich ihm zu verstehen gab, am kommenden Morgen sehr früh aufstehen zu müssen, tat er etwas enttäuscht und verschob das gemeinsame Trinkgelage auf einen anderen Tag. Zeitlich war ich aus vielen Gründen sehr eingespannt, aber mein Freund „Zufall" ließ mir keine Ruhe. Er führte mich zu Studenten in die Kunstakademie.

Hans Jascha, damals schon ein Hansdampf in allen Gassen und ein sehr rühriger Kunststudent, hatte viele Beziehungen in Wien. Zu den „G`schnas-Festen" bekam er den Auftrag, mit Studenten von der Akademie die Sezession auszumalen. Das brachte wieder etwas Geld in unsere Kassen. Trällernd war ich damit beschäftigt, die Arbeit voran zu treiben und die Studenten bei Stimmung zu halten. So  wurde ich wieder einmal zum Singen animiert.

Hans Jascha nahm mich zu einer Probe des Jeunesse-Chores mit und wollte mich heimlich mit seinen

Sängerfreunden zusammen führen. Der Jeunesse-Chor hat einen weltweiten Bekanntheitsgrad. Ich dachte, es könne nicht schaden, sich direkt mit dem Chorleiter in Kontakt zu bringen. Siehe da, wiederum wurde ich in einen Chorgesang eingebunden. Alljährlich wurden sehr schöne Liederabende aufgeführt, und dazu sollten wir, die Sängerinnen und Sänger, in etwa gleich angezogen sein. Wir erhielten sehr schöne Stoffe, alle in der gleichen Farbe. Es war uns freigestellt, diese entsprechend schneidern zu lassen.

Meine Mutter, die Schneiderin war, nähte mir ein Kleid, das ich vorher gezeichnet hatte. Mit dem Ergebnis konnte ich mich sicherlich sehen lassen, denn die Sängerinnen und Sänger wollten unbedingt den Modeschöpfer in Erfahrung bringen, der sich das Modell ausgedacht hat. Um die Spannung steigen zu lassen, habe ich natürlich nichts von meinem Können mitgeteilt. Schließlich soll man Menschen nicht allzu schlau machen.

Die Wiener erwarteten schon immer sehnsüchtig den Liederabend und so hat sich ein Intendant der Staatsoper von Baden bei Wien interessiert unter die Zuschauer gemischt. Seine Überraschung, mich singen zu hören, hatte seinen Wunsch erfüllt.

Meine Stimme war wohl so selten, dass er mir gleich einen Vertrag in seiner Oper anbot. Mein sehr seltener Mezzosopran wird bei verschiedenen Aufführungen teuer erkauft, und ich war für ein

Budget der Oper günstig eingekauft. Aber nicht mit mir! Als ich am vereinbarten Probentermin nicht erschienen war, versuchte der Intendant mich über meine Eltern zu finden. Meine Mutter war, wie immer, wenn etwas unvorhergesehenes passierte, sehr aufgebracht und wusste nicht, wie sie mit der Situation umgehen soll. Schließlich hat man mich dann doch aufgespürt und mir ein schlechtes Gewissen eingeredet.

Ich fragte den Intendanten, ob er mit 700,00 Schilling im Monat auskommen könne, wenn die Miete schon 350,00 Schilling kostet! Ich gab ihm zu verstehen, ich komme nur dann, wenn ich 3.000,00 Schilling pro Monat bezahlt bekäme. Das war der Verdienst, den ich bei PAN AM pro Monat erhielt. Als er sich nach vielem hin und her schließlich doch nicht durchsetzen konnte, musste er den Kampf gegen mich aufgeben.

Meine Mutter verstand die Welt nicht mehr und mein Vater sagte fordernd: „ Wenn du schon eine so große Chance bekommst, in einer Oper aufgenommen zu werden, wäre es deine Verpflichtung, darauf einzugehen." Ich fragte mich, warum sagt keiner, womit ich mein Leben finanzieren soll? Mein Vorhaben konnte ich entsprechend verteidigen und bin meinen geliebten Zahlen treu geblieben. Zahlen sind Sicherheiten, die mich bei richtiger Rechnung immer ans Ziel brachten.

# Ein ganz besonderer Tag

Heute ist nicht ein Tag wie jeder andere, sondern ein ganz besonderer Tag. Es ist mein 21. Geburtstag. Endlich erwachsen, endlich selbst bestimmen können, was ich mit meinem Leben anfangen will. Keine Einschränkung mehr in meiner persönlichen Lebensauffassung. Keine Beeinträchtigungen mehr in meinem Tun. Kurz gesagt, einfach herrlich!

Eine sehr schöne Oper von Beethoven, Fidelio; übrigens die einzige, die er geschrieben hat, wurde an diesem Abend aufgeführt, und natürlich suchte ich den Weg in die Staatsoper.

Um mich entsprechend einzustimmen, genehmigte ich mir am Nachmittag im Café Hawelka einen sehr guten „Einspänner" mit zwei „Buchteln". Genussvoll ließ ich mir die servierten Mehlspeisen auf der Zunge zergehen und sah dem Treiben im Café sehr interessiert zu. Das Hawelka ist ein international bekanntes und berühmtes gastliches Haus, das zu verschiedenen Zeiten viel zu erzählen hat. Zum Beispiel trafen sich dort sehr wichtige Menschen, die Zeitgeschichten austauschten und persönliche Erkenntnisse sammelten, um sich und den übrigen Völkern das Dasein erträglicher zu machen.

Viele Geheimnisträger nahmen die Gelegenheiten wahr, schnell Informationen weitergehen zu lassen. So war es möglich, Nachrichten ohne technische Hilfe an Ort und Stelle zu bringen. Das Ehepaar

Hawelka hat im zweiten Weltkrieg vielen verfolgten Schutz geboten, indem sie Menschen in dafür vorgesehenen Räumen versteckt hielten und sie mit Speisen und Getränken versorgten. Um für die Zubereitung der verschiedenen Speisen Platz zu schaffen, ist der Gedanke, ein Kaffeehaus zu gründen, entstanden. Auch musste eine Alibifunktion dafür organisiert werden, damit Speisen, die für die vielen versteckten Verfolgten täglich zubereitet wurden, ihren Platz finden.

Der Nachmittag verging wie im Flug. Um den Beginn der Oper nicht zu verpassen, machte ich mich schnellsten auf den Weg zum Ausgang des Hawelka, lief die Dorotheengasse entlang bis zur Staatsoper und konnte gerade noch den Eingang in die Staatsoper pünktlich erreichen. Zu meiner Überraschung stand der Partitur-Träger neben mir und versuchte, sich mit mir freudig ins Gespräch zu bringen. Ich muss sagen, es war mir nicht unangenehm, denn er war ein richtiger Wiener, mit einem Körperumfang, an den man sich anlehnen konnte. In der Pause hat er mich zu einem Getränk eingeladen und am Ende der Oper machte er jede Anstrengung, mich noch weiter auszuführen.

Jegliche Idee, meine Anwesenheit mehr zu nutzen, um das Beisammensein mit mir noch länger auszudehnen, bekam immer spannendere Ergebnisse. Goethes „Faust" könne man in diesem Zusammenhang nennen, denn Gretchen muss es nicht anders ergangen sein. Damit er mit mir den Abend noch länger verbringen konnte, machte er allerlei Vorschläge, auch den, mir Wien bei Nacht zu zeigen. Was ihm auch gelang. In meiner Naivität bin ich auf seinen Vorschlag eingegangen. Wir zogen gemeinsam ziemlich weit, jedenfalls in die Nähe seiner Unterkunft, was mir nicht bekannt war.

Von den weiten Fußmärschen müde, bot er mir die Besichtigung seiner Wohnung an. Ohne mir den Hintergrund anzudeuten, steuerte er auf sein Ziel zu. Nach einigen Gläsern Wein war ich natürlich nicht mehr in der Lage, seine Absicht klar zu erkennen. Und so machte er den Beginn, mich zu verführen. Das Mauerwerk meiner Mutter hatte ich immer vor Augen, deshalb bin ich ihm dreimal aus dem Bett gesprungen bis er mich endlich überzeugen konnte.

Steif wie ein Brett, ließ ich die Sache über mich ergehen und als er dabei war, den Koitus Interruptus zu praktizieren, hatte ich einen richtigen Schock. Zu dem Zeitpunkt habe ich Männer in dieser Funktion noch nie erlebt. So dachte ich mir, ich hätte ihn schwer verletzt. Unsicherheit machte sich bei mir breit und meine Reaktion darüber war so falsch, wie sie nur hätte falsch sein können. Mein krampfhaftes Lachen löste bei ihm die Annahme aus, ich wolle mich über ihn lustig machen. Ohne mir jemals wieder die Chance zu geben mit ihm darüber zu reden, löste er die Verbindung schnellstens auf.

Beinahe ohnmächtig habe ich die folgenden Tage vergehen lassen. Ich war nicht in der Lage, meine Vernunft zu nutzen. So beschloss ich, der Sache ein Ende zu setzen. Ich wollte aus dem Leben scheiden. Ein grauer September-Tag unterstützte mich in meinem Vorhaben. Mein Autogenes Training ermöglichte es mir, den Kreislauf meines Körpers so weit herab zu fahren, bis die Funktion zum Stillstand kam.

Nachdem beinahe alle Gliedmassen eingeschlafen waren, raste ein sehr lieber Freund, Peter Prokop, den ich aus der Staatsoper kannte, in mein Zimmer und versuchte mich durch starkes Rütteln dem Leben wieder zurück zu geben. Meiner Sinne mächtig, hat ein krampfhaftes Weinen viele Tränen aus mir heraus gepresst, bis ich innerlich leer war und durch starkes Schluchzen die Sprache wiederfand.

Der Opernfreund, Peter Prokop, ließ mich nicht aus den Augen und machte mit mir einen langen Spaziergang. Die Herbstluft und der lange Fußmarsch mit meinem Freund gab mir wieder etwas Lebensfreude zurück. Durch gutes Zureden konnte er mich dahingehend ermutigen, meine wichtigsten Utensilien zu packen und Wien für einige Zeit zu verlassen. Er brachte mich mit meinem Koffer zum Westbahnhof. Als der Zug in Richtung Linz fuhr, wurde mir erst bewusst, meine Freunde für lange Zeit verlassen zu haben. Unfähig meinen Entschluss zu ändern, setzte ich mich in ein freies Abteil, ließ tausende Tränen über mein Gesicht laufen und heulte und heulte, bis keine Flüssigkeit mehr meine Augen benetzte. Ich fuhr in eine neue Welt und begann ein neues Leben. Meine Tränen flossen von Wien bis Linz. Und als ich dort in den Bummelzug zu meinen Eltern einstieg, wurde mein Atem immer schlechter und mein Bewusstsein immer kleiner. Für mich war es unvorstellbar, mich in die Vergangenheit zurück zu bewegen.

In dem „Drecksnest", wo meine Eltern damals wohnten, eingetroffen, kam meine Mutter höchst erstaunt aus der Tür und fragte mich: „Kind, was ist denn passiert?" Ich erzählte ihr den Vorfall. Mit ihrer katholischen Einstellung konnte sie natürlich nichts mit meiner Erzählung anfangen. Meine Erwartung, mich in ihre Arme zu nehmen, konnte ich mir von vornherein abschminken. Dabei hätte ich das so dringend nötig gehabt und mir gewünscht.

Durch die relativ lange Fahrt war ich dermaßen müde; das mir nichts anderes übrig blieb, als mein Bett aufzusuchen. Erschöpft schlief ich auch sogleich ein. Am nächsten Morgen fühlte ich mich etwas besser. Ausgeschlafen war es mir wieder möglich, meine Gedanken zu ordnen. Ich war mir der Tatsache bewusst, wo ich gelandet war. Bestimmt ist die Information meiner Anwesenheit wie ein Lauffeuer in dem Dorf bekannt geworden. „Ätsch, doch nicht geschafft?" Das trieb mich zur Eile, schnellstens eine Veränderung anzustreben,

Mein Bruder Erwin, der zu dem Zeitpunkt in München bei Siemens bereits eine Beschäftigung hatte, kam am Wochenende mit seiner Wäsche nach Hause, um sie von seiner Mutter waschen zu lassen. (Was haben Männer doch für ein Glück!)

Kurz und gut: Damit ich diesen unseligen Zufluchtsort bei meinen Eltern schnellstens wieder verlassen konnte, bat ich meinen Bruder, für mich um eine Stelle bei Siemens anzufragen. Gesagt getan, sein Abteilungsleiter bot mir eine Arbeit als Prüferin in der Prüfabteilung an und auch eine Unterkunft im Siemenswohnheim. Das bedeutete für mich: Auszug aus Österreich und Ankunft in Deutschland.

## Ankunft in Deutschland

Jetzt heißt es für mich wieder, mich neu zu orientieren und mich den Gegebenheiten anzupassen. Meine neue Stelle hat mir schon ganz gut gefallen, denn meine Arbeitskolleginnen waren sehr freundlich und boten mir ihre Hilfe in jeder möglichen Situation an.

Langsam begann mir mein Leben wieder Spaß zu machen, denn die neue Welt, in die ich mich begeben hatte, war sehr angenehm. Sie bot mir die Möglichkeit, mich in der Gesellschaft wieder geborgener und wohler zu fühlen. Ich wollte nur noch vergessen und arbeitete an den verschiedenen Maschinen wie ein Tier. Meine Auffassung war: Mehr Arbeit, mehr Geld. Gepfiffen!! Durch meine höhere Leistung wurde der bestehende Akkord nach oben gestuft und zum Leidwesen meiner Kolleginnen und Kollegen auf eine höhere Stückzahl festgesetzt. Ungerechtigkeit konnte ich noch nie ertragen, so forderte ich die Leute zu einer Demonstration auf. Bei den meisten Kollegen hat sich Feigheit durch Zurückhaltung breit gemacht.

Der Abteilungsleiter sah die entsprechende Situation auf sich zukommen und mahnte mich zum Einlenken. Was blieb mir anderes übrig, als den Rückzug anzutreten.

*Das Leben ist ein Trauerspiel, man gibt dem Andern viel zu viel, doch nimmt man sich ein bisschen nur, dann küm-*

*mert keiner sich ´ne Spur, ob man verkommt, oder ver-*
*bleicht, wir Menschen sind doch alle gleich.*

Diesen Text schrieb ich in Verbindung mit der oben genannten Situation. Für die Vorgesetzten der Siemens Mitarbeiter wurde ich durch meine Intensität, etwas verändern zu wollen, zum Problemfall. Man legte mir nahe, mich zu besänftigen ansonsten müsse ich mir eine andere Arbeit suchen. Meine finanzielle Situation hat mir zu dem Zeitpunkt nur Diplomatie empfohlen, wie sonst sollte ich mein Leben zu dieser Zeit organisieren?

## Lina und Costa

München, 1966 -1969. Immatrikulation: Sprachwissenschaftliches Institut. Mein Anspruch, mich geisteswissenschaftlich zu betätigen, brachte mich zu dem Entschluss, mich an der Uni in München über meinen weiteren Weg zu informieren. Ich immatrikulierte an der sprachwissenschaftlichen Fakultät und lernte Simultandolmetschen in Englisch und Französisch.

Es war damals sehr schwer, vernünftig zu studieren, denn verschiedene Studenten bildeten dort sogenannte „Kadergruppen", die den Kapitalismus sprengen sollten. Eigenartigerweise kamen die Aufwiegler aus bourgeoisen Familien, die mich, als nicht Kapitalistin, eher negierten. Ich, die Tochter mittelständischer Eltern, die ihr Studium hart erarbeiten musste, konnte mit Sicherheit mehr über Kapitalismus berichten als andere, denn ich war mitten im Thema. Die „Maultaschen", die ihr Leben von ihren Eltern finanziert bekamen, konnten nur laut und schreiend ihre unreifen Thesen auf den Straßen verteilen.

So manch anderes studierendes Wesen erwies sich als sogenanntes „Mitläuferchen". Anstatt verschiedene wissenschaftliche Themen zu durchforsten, wurden alle studentischen Intensitäten unterbrochen und durch aufwiegelnde Methoden gestört und damit alle politischen Machenschaften durchkreuzt, sodass keine vernünftige Arbeit an der Uni möglich war.

Es wurden Anti-Strauß–Demonstrationen organisiert und ziemlich viel Unruhe gestiftet. Zum damaligen Zeitpunkt war ein intensives Studieren nicht gefragt. Irgendjemand hat einmal gesagt, „Stell dir vor es gibt Krieg, und keiner geht hin!" Auf einmal gäbe es wieder Frieden, denn die, die den Krieg angezettelt haben, müssten ihn auch selber führen. Wie viele Mütter hätten noch ihre Söhne, wie viele Frauen und Kinder hätten dann noch ihre Männer und Väter.

Ich mag mir nicht vorstellen, dass die Welt nur funktionieren kann, weil Menschen im Osten abgeschlachtet werden. Wer gibt den Wenigen das Recht, den Lebenden ihr natürliches Ende zu verkürzen, nur weil ihnen wirtschaftlicher Reichtum versprochen wird? Wir streben ein vereinigtes Europa an. Wie wollen wir ein europäisches Bewusstsein entwickeln, wenn die vielen Nationen, die Europa ausmachen, keine gleichen Rechte haben und keine gleichen Pflichten übernehmen wollen?

Wir sollten Ideologien verschiedener Völkerstämme in Europa aufnehmen und sie als Ganzes betrachten. Das brächte nicht nur wirtschaftlichen Reichtum, sondern auch viel mehr menschliche Zusammengehörigkeit und Wertvorstellung.

Um unsere Wünsche und Sehnsüchte anderen mitzuteilen, ist Sprache neben Gestik die einzige Möglichkeit, uns auszudrücken. Warum nutzen wir sie nicht? Ist es einfacher, das Volk vor bunte, bewegliche Bilder zu setzen, die ihre gänzliche Phantasie zerstören, weil wir uns dann nicht miteinander beschäftigen müssen oder die Zeit uns davor zurückhält, unsere individuelle Richtung zu finden? Wie können wir unsere Freude und Erfahrung anderen mitteilen, wenn nicht durch das Sprechen.

Manchmal habe ich der Eindruck, ich wäre in einem Land, dessen Sprache ich nicht verstehe, wo gibt mir Grammatik die Orientierung, mich in gutem Deutsch zu unterhalten?  In welchem Land leben wir? „Kannst Du mich das sagen, wenn die Tür auf ist?" Ein unerträglicher Gedanke, wenn ich mich nur noch so unterhalten muss, weil mein Gegenüber mich sonst nicht mehr verstehen kann. Müssen wir uns daran orientieren, weil andere zu bequem sind, sich den richtigen Sprachgebrauch anzueignen? Wo bleiben Goethe, Schiller und alle berühmten Schriftsteller und Philosophen, die dieses Land hervorgebracht hat, wenn wir uns an ihren vorzüglichen Erkenntnissen nicht mehr bereichern können?

## Sommersemester in Nizza

Aus finanziellen Gründen musste ich die Sommer-semester in Trimester umwandeln, so nahm ich im Sommer Studiengänge, die damals von der Uni in München im Austausch mit Frankreich, von der Uni in Nizza, angeboten wurden, wahr. Ich studier-te französische Geschichte, Kunst und Kultur.

Die Frage war, wie soll ich mir das leisten? In der Zeitung fand ich eine Annonce, wo ein Gastwirt für die Sommermonate am Starnberger See eine Bedienung suchte. Kurz entschlossen lief ich zum nächsten Telefonhäuschen, wählte die angegebene Nummer und fragte den Gastwirt, ob die Stelle noch frei wäre. Als ich dann den Platz angeboten bekam, nahm ich die nächste Gelegenheit wahr, um zu diesem Ort zu fahren. Ich stellte mich dem Be-sitzer mit der freundlichsten Miene vor, die ich produzieren konnte, und es dauerte nicht lange, bis ich seine positive Zusage hatte. Ich arbeitete für drei Wochen als Bedienung am Starnberger See, wo ich täglich Doppelschichten übernahm, die mir erheblichen Gewinn einbrachten.

Um das Trinkgeld zu verbessern, kassierte ich jede Tasse Kaffee sowie jedes Getränk und jede Speise extra. Am Ende einer Schicht war ich natürlich sehr müde, denn 16 Stunden Getränke, Kaffee und Ku-chen zu schleppen (und das auf rollenden Kies), so etwas kann nur jemand verstehen, der das schon einmal mitgemacht hat. Um zur Entspannung beizutragen, wollten meine Beine dringend eiskaltes Wasser. Nachts sprang ich in den angrenzenden See, versuchte noch schnell einige Runden zu schwimmen und war danach in der Lage, mein Bett aufzusuchen, um meinem gequälten Körper etwas Ruhe zu gönnen.

Als ich dem Besitzer mein Vorhaben mitteilte, nach drei Wochen zum Sommersemester nach Frankreich fahren zu wollen, weil ich dort angemeldet bin, machte er mir klar, dass dafür keine Möglichkeit bestünde, weil er alle Kräfte für sein Unternehmen benötigte. Er hat mit meiner Entschlossenheit, meinen Willen durchzusetzen, nicht gerechnet. So gab er mir zu verstehen, wenn ich gehe, würde er meine Lohnsteuerkarte einbehalten und diesbezüglich wäre das eher schädlich für mich. Was kümmerte mich eine Lohnsteuerkarte??

Am nächsten Morgen packte ich meinen Koffer und fuhr auf dem schnellsten Weg nach München, um meine Studienbestätigung abzuholen. Eilig machte ich mich auf den Weg zum Flughafen München Riem, wo ich einen Flug bei PAN AM über Berlin nach Nizza buchte. Damals war es möglich, über Berlin zu fliegen, um mit der PAN AM die Reise fortzusetzen, weil man dort 100,00 DM einsparen konnte.

In Nizza traf ich sehr viele gleichgesinnte Studenten. Die Professoren der Sorbonne, die dort teilweise ihre Ferien verbrachten, hielten ein außerordentlich gutes und interessantes Programm bereit, wo wir sehr viel lernten. Über Langeweile konnten wir uns wirklich nicht beklagen.

Die Köche der Mensa beobachteten die Neuankömmlinge und amüsierten sich darüber, wie wir Studenten unsere Teller vollpackten. Damit wir nur ja nicht noch einmal den langen Weg zurücklegen mussten, schien es uns Kommilitonen wichtig, die Teller mit optimal angehäuften Speisen zu unseren Plätzen zurückzubringen.

Am darauffolgenden Tag haben die Köche für uns Speisen zusammengestellt und unsere Gaumen mit allerlei Köstlichkeiten verwöhnt. Man hat uns gezeigt, nicht alles auf einen Teller zu packen und unsere Körper negativ zu reizen, sondern entsprechend der Verdauungsmöglichkeit die Speisen so angeordnet, wie sie verdaut werden sollten,.

Zuerst bekamen wir einen kleinen Teller mit Salat. Nachdem wir den köstlichen Salat aufgegessen hatten, brachte man uns jeweils zwei Kartoffeln. Als dann nichts mehr serviert wurde, fühlten wir uns etwas auf den Arm genommen, denn wir dachten, die Köche wollten unsere Reaktionen prüfen. Hungrig schlangen wir die zwei Kartoffeln runter und warteten anschließend auf die nächste Speisenfolge. Endlich wurde uns sehr gut riechendes Fleisch mit Gemüse serviert. Dieses führten wir genüsslich in unsere Münder und freuten uns anschließend auf den nächsten Gang. Die Köche lehrten uns, zwischen jeder Speisenfolge mindestens eine Viertelstunde verstreichen zu lassen, damit sich der Körper mit der Verdauung ordentlich beschäftigen kann.

Nun brachten die Köche panierten Camembert mit Preiselbeeren und Petersilie als vierten Gang. Für mich war das total unbekannt, jedenfalls habe ich so etwas noch nie gegessen. Im Anschluss folgte noch flambierter Karamell–Pudding, der uns die Lust am Essen verschönte. Ich muss sagen, es war wirklich köstlich, denn am Ende der Mahlzeiten fühlten wir uns nicht so vollgestopft, sondern angenehm gesättigt.

Mit einem Professor, dessen Name mir heute abhanden gekommen ist, fuhren wir in einem gemieteten Bus die gesamte französische Küste ab. Er machte uns mit der Geschichte des Landes vertraut, die uns rechts und links auf unserer Reise geboten wurde. Sehr spannende Begebenheiten, die den Franzosen besonders in Aiges-Mortes vor einigen hundert Jahren während der Kreuzritter zugestoßen sind, möchte ich hier erwähnen. Viele tote evangelische Gläubige wurden mit Salz eingerieben und auf den Turm gehängt und so lange der Sonne ausgesetzt, bis sie total ausgetrocknet waren.

Die Macht der verschiedenen Religionen wurde wieder einmal zur Qual vieler Leute, nur weil sie sich anders orientiert hatten. Religion soll doch zum Frieden beitragen. Stattdessen werden Menschen gegeneinander aufgewiegelt, wie ich das bereits vorher erwähnt habe. Wo sind Persönlichkeiten geblieben, an denen wir uns orientieren können? Wir leben hier mitten in Europa, und es wird wahrscheinlich in jedem anderen Land auch so sein, wo Vernetzung von Sprache und Ideologie immer mehr ihre Bedeutung verliert und in den täglichen „Werbeschlamm" verfällt. Wir sind nicht bereit, unsere eigenen Zielvorstellungen vor Augen zu führen.

In NRW gibt es besonders viele Einwohner verschiedener Herkunft, die durch Kriegswirren verschleppt wurden und sich eine Orientierung verschaffen wollten, um eine Heimat zu finden. Für diese Menschen müssten wir richtungsweisend sein und sie nicht im luftleeren Raum verkümmern lassen. Wir sollten sie in unserem Sprachgebrauch integrieren, damit sie sich nicht mehr als Ausgestoßene in einem Land fühlen. Diesbezüglich werden sich viele Aggressionen vermeiden lassen.

# Je t'ai perdue (Ich habe Dich verloren)

Diesen Text schrieb ich vor rund 44 Jahren in Frankreich. Damals studierte ich in Nizza, wo ich verschiedene wirtschaftliche und politische Zusammenhänge für mich sichtbar machen wollte. Der Zufall brachte mich mit einer eigenartigen Geschichte in Verbindung. Ich besuchte wichtige Sehenswürdigkeiten der Stadt und beim Überprüfen der Stadtkarte musste ich feststellen, dass ich mich verlaufen hatte.

Ein kleines Mädchen, dem ich begegnete, sollte mir den richtigen Weg erklären. Offensichtlich muss dieses Kind meinen deutschen Akzent in meiner Sprache erkannt haben, denn sie fragte mich: „Warum sprichst Du so komisch?" „Weil ich im Ausland lebe", war meine Antwort. Daraufhin das Mädchen, „Was machst Du dann hier? Hau doch ab in Dein Land!"

Für uns scheint das Unbekannte eine Gefahr, mit der wir uns nicht auseinandersetzen wollen. Anstatt es als etwas Neues in unserem Bewusstsein aufzunehmen, versuchen wir es zu zerstören, weil es praktischer ist. Selbst Tiere gehen mit unbekannten Dingen vorsichtiger um. Sie testen durch ihren Geschmackssinn das Neue erst einmal sensibel, bevor sie sich darauf einlassen. Erschüttert über die Äußerung des Mädchens setzte ich mich in einem Park auf eine Bank und schrieb folgenden Text:

## Je t'ai perdue

*Ich hatte einen Traum, eine Vision der Liebe,*
*wo ich das Glück gefunden habe.*
*Dich habe ich verloren, meine Liebe, mein Freund,*
*aber ich glaube es ist der Fehler des Lebens.........*
*Es ist nicht Deiner, es ist auch nicht meiner,*
*aber ich glaube, wenn wir uns eines Tages auf der gleichen*
*Straße begegnen, werden wir uns durch die Distanz*
*unserer Erkenntnisse besser verstehen können.*

Dieses schöne Land hat so viel zu erzählen und zu bieten. Damit wir Menschen richtig reagieren können, wären Jahrzehnte nötig, um alles zu verstehen. Jedenfalls ist es mir nicht möglich, in diesem Buch näher auf die französische Geschichte einzugehen. Das spare ich mir vielleicht für das nächste Buch.

Unsere Professoren hatten sehr gute und interessante Themen, die unsere Neugier täglich erhöhten und uns dazu animierten, nur ja keine Vorlesung zu verpassen. Wir waren mit der französischen Geschichte so sehr beschäftigt, dass wir nicht bemerkten, wie schnell die Zeit verstrich und wir am Ende des Sommersemesters angekommen waren.

## Schauspielstudium

Als ich wieder in München eintraf und die Aufwiegler der Uni immer noch vorfand, beschloss ich, einen anderen Weg einzuschlagen, der mich in meinem Leben etwas mehr ausfüllte.

Ich nutzte die Zeit und begann ein Schauspielstudium bei Gerda Gmelin, wo auch andere schon bekannte Schauspieler anwesend waren. Wir waren damals eine sehr nette, produktive und anerkannte Gruppe und aus diesem Grunde bekamen wir schon mehrere Aufträge als Schauspieler in der Öffentlichkeit.

Unser Bekanntheitsgrad wurde durch Zeitungsberichte schnell vorangetrieben. So reihten sich mehrere Aufträge aneinander und boten uns schon ein erhebliches Einkommen. In der Schauspielschule studierten wir das Theaterstück „Lysistrata" von Aristophanes ein, welches wir am Ende des selbigen Jahres zur Aufführung brachten.

Mächtiges Lampenfieber hinderte mich daran, meine Stärke entsprechend einzusetzen, bis mir der Regisseur eine gedonnert hatte, um mich wieder zur Vernunft zu bringen. In einer derartigen Situation ist die Reaktion von uns Menschen nicht regulierbar. Wir benehmen uns dann und wann außergewöhnlich falsch und so kommt es dann zu einer entsprechenden Eskalation. Meine Synapsen hatten sich nach der Anwandlung des Regisseurs wieder geglättet und das Spiel konnte beginnen.

# 1969 - Mondlandung der Apollo 11

Im selben Jahr konnten wir eine einmalige Situation erleben, die uns wahrscheinlich nie mehr in unserem Leben geboten werden werden kann. Es war die Mondlandung der Apollo 11, 1969.

Neil Amstrong, Michael Collins und Edwin (Buzz) Aldrin, die ersten Menschen, die es schafften, eine Rakete auf dem Mond landen zu lassen, konnten wir Schauspielschüler in Gräfelfing erleben. Es war spannend und durch nichts zu toppen. Wer wäre damals auf die Idee gekommen, eine Landung auf dem Mond zu ermöglichen. Wem sollten wir später mitteilen, dass wir Zeitzeugen waren, die an diesem Tag das Erlebte hätten weitergeben können.

Wir Schauspielschüler saßen im Garten unserer Schauspiellehrerin Gerda Gmelin in Gräfelfing und warteten sehr gespannt auf das Gelingen des vorliegenden Ereignisses. Am 16. Juli 1969 startete die Apollo 11 von Cap Canaveral (Florida) und erreichte etwas später die Erdumlaufbahn. Nach einigen Erdumkreisungen wurde die weitere Raketenstufe erneut gezündet. Kurze Zeit später brachte sie das Apollo-Raumschiff auf Mondkurs. Nach weiteren Minuten wurde das Kommando-Service-Modul an die Landefähre angekoppelt. Alles verlief ohne besondere Vorkomnnisse.

Drei Tage war die Manschaft unterwegs, bis sie am späten Nachmittag durch ein Bremsmanöver über die Rückseite des Mondes in eine Mondumlaufbahn einschwenkte. Im Mondorbit stiegen erst Aldrin und eine Stunde später (nach Hochfahren der Systeme) Armstrong in die Mondlandefähre um. Nach Prüfung der Systeme und Ausklappen der Landebeine trennten sie diese vom Mutterschiff, in dem Collins verblieb, und leiteten die Abstiegssequenz ein. Gefährlich war dann der Anflug in das Zielgebiet im Mare Tranquillitatis („Meer der Ruhe").

Durch einige Schwierigkeiten, die während des Landeanfluges vom Bordcomputer gemeldet wurden, ist es der Besatzung durch fehlende Aufmerksamkeit entgangen, dass der Computer überlastet war. Dank dem von Hal Lanning vom MIT Instrumentations-Laboratory entwickelten Betriebssysteme mit Priorisierungen der einzelnen Aufgaben, wurden verschiedene Daten fehlerhaft herausgegeben. Allerdings stellte sich das Problem als unkritisch dar. Am 20. Juli 1969 vermeldete Neil Armstrong: „Der Eagle ist gelandet!"

Wir hatten durch spannende Gespräche den Tag zurückgelegt und bis vier Uhr morgens – zur Zeit der Landung – eifrige Diskussionen geführt und unsere Körper dadurch wach gehalten. Am nächsten Morgen erfuhren wir aus den Zeitungen und den verschiedenen Fernseh- und Radionachrichten, dass alles gut geklappt hat und Neil Amstrong als erster Mensch den Mond betreten hatte.

Zufrieden und außerordentlich glücklich gingen wir unserer weiteren Arbeit nach, die uns während des ganzen Tages erwartete. Fast wäre es uns nicht möglich gewesen, unser tägliches Pensum zu erreichen, wenn uns Eurythmie nicht noch erhebliche Konzentration abverlangt hätte.

Es erfordert eine außerordentlich starke Vorstellung, wenn man bedenkt, dass es Menschen gelungen ist, sich auf dem Mond zu bewegen. Den Rückflug zur Erde konnten wir nicht mehr verfolgen, da uns die Arbeit für unsere Ausbildung erwartete.

## Die ungeplante Reise mit meinen Freunden nach Griechenland

Lena und Costa, die ich bei Siemens kennengelernt habe, weihte ich in mein Schicksal ein. Sie eröffneten mir den Hinweis, im Sommer nach Griechenland fahren zu wollen. Wenn ich Lust hätte, möchten sie mich wohl gerne mitnehmen.

Meine Überlegung war, wie soll ich nach Griechenland mitfahren, wenn ich nur fünfhundert DM als meinen Reichtum erklären kann. Da nützten auch drei Monate Ferien nichts. Also fuhren die Beiden im Sommer alleine mit dem Zug ab München in Richtung Salzburg.

Als der Zug endlich los fuhr, bekam ich schreckliche Hitzewallungen, denn erst jetzt ist es mir aufgefallen, wie heiß und stickig die Luft in München war und die Tatsache, dass ich kein Auto hatte, gab mir unweigerlich zu verstehen, welche Möglichkeiten mir dann noch blieben: Nämlich das Schwimmbad in Schwabing und die fürchterlichen, nach Chemie riechenden Wasserbecken, in denen ich mich hätte tummeln können. Alleine der Gedanke daran ließ mich schnell die Flucht ergreifen. Um entsprechend Reiseutensilien zu besorgen, entschloss ich mich dazu, in die Stadt zu fahren, kaufte diverse Dinge, die für einen Sommerurlaub notwendig waren, raste auf dem schnellsten Wege wieder nach Hause und machte mich reisefertig. Nun ging ich auf den Weg, Lina und Costa hinterher zu fahren.

Es war an einem Samstag um 16 Uhr. Meine Freunde werden bestimmt schon um 17 Uhr in Salzburg ankommen. So wie ich erfahren habe, sollte der Zug seine Reise um 18.30 Uhr nach Griechenland fortsetzen. Ich stellte mich an die Autobahn in Richtung Salzburg und fuhr per Anhalter zu dem besagten Ziel. Glücklicherweise konnte ich einen Autofahrer anhalten, den sein Weg just in die gleiche Richtung führte. Es schien mir sehr wichtig, ihm meine Geschichte zu erzählen; vielleicht konnte ich ihn dann dazu erweichen, mich direkt zum Bahnhof nach Salzburg zu fahren. Geschafft!!! Es hatte tatsächlich geklappt.

Am Bahnhof in Salzburg angekommen, wollte ich mich nicht länger damit aufhalten, mich von meinem Fahrer zu verabschieden. Ich sprang aus seinem Auto, raste wie von der Tarantel gestochen in den Bahnhof, suchte den Zug, der in Richtung Griechenland fuhr, sprang in den Zug und war bemüht, diesen so schnell wie möglich zu durqueren. Ein Geschrei gab mir zu verstehen, meine Freunde endlich gefunden zu haben.

Lena fragte mich: „Brigitte, was machst du hier?" „Ich fahre nach Griechenland", war meine Antwort. „Aber warum bist du nicht mit uns von München weggefahren?" „Da habe ich es noch nicht gewusst". In dem Moment setzte sich der Zug in Bewegung und ich hatte keine Fahrkarte. „Lena, was soll ich jetzt machen, ich habe noch kein Ticket?" Lena schrie wie am Spies und in ihrer Verzweiflung rief sie ihren Mann Costa und wollte ihn zu Rate ziehen, als auch schon der Schaffner kam, um die Karten zu kontrollieren.

Noch drei Abteile vorher erklang es: „Die Foakoatn bitte." Sogleich erkannte ich den Kärntner Dialekt. „Jo mei, a Kärntner Buali, Sie kenan bestimmt Waten?", war meine Frage. Erstaunt darüber, dass ich dieses Kartenspiel kannte, ich habe es immer mit meinen Cousins in den Ferien gespielt und fast immer gewonnen, forderte er mich zu einem Spiel heraus. Er bat mich in sein Abteil und als er seine Arbeit als Schaffner beendet hatte, kam er zurück und wir zockten bis zur Unendlichkeit. Er konnte nicht ertragen, von einem Mädchen besiegt zu werden, so begann er mich jedesmal erneut zu einem Spiel herauszufordern. Für mich zählte nur die Zeit, die ich mit diesem Mann verstreichen lassen wollte.

Eifrig in das Zocken vertieft, hörten wir zufällig, wie aus dem Lautsprecher eine Stimme sagte: „Nächste Haltestelle Villach". Mit großer Mühe hat sich mein Gegenüber damit begnügt, jedes Spiel verloren zu haben. Er konnte es nicht begreifen, keine Zeit mehr zu finden, mich zu besiegen und mich zu einem neuen Spiel herauszufordern. Um auch die letzte Minute positiv verstreichen zu lassen, war es an der Zeit, meine Gedanken zu schärfen.

Der Schaffner sagte mir, „So, jetzt muass i aussteigen. Dirndle, du host doch wohl a Foakoatn?" „Ja natürlich habe ich eine Fahrkarte. Soll ich sie schnell holen?", war meine hypothetische Frage. „Na, loss, is scho guat", so seine Antwort. Ich glaube, jetzt ist mir ein schwerer Felsen vom meinem Herzen gefallen, den man bestimmt auch noch am Nordpol hätte hören können. Zum Weiterfahren war es erforderlich, alle österreichischen Zugbegleiter gegen jugoslawische auszutauschen. Die Zöllner blickten noch einmal in alle Richtungen, ob auch alles vorschriftsmäßig abgearbeitet war und schon konnte sich der Zug zur jugoslawischen Grenze weiter fort bewegen.

Nun machten die Zöllner ihre Arbeit und kontrollierten unsere Pässe. Glücklicherweise hatte kein jugoslawischer Schaffner nach Fahrkarten verlangt. Endlich Ruhe. Die vielen Aufregungen haben unseren Körpern viel Kraft abverlangt, so legten wir unsere Häupter am späteren Abend endlich in die Sitze und versuchten zu schlafen.

Plötzlich, um zwei Uhr morgens, ging ein Gepolter los. Türen wurden hin und her geschoben und mit wenig leisem Ton machte man uns klar, die Fahrkarten kontrollieren zu wollen. Mir stockte der Atem. Was war zu machen?- Ich wartete, bis ein jugoslawischer Schaffner in unser Abteil eintrat und um unsere Tickets bat.

Mein Sitzplatz war auf der linken Seite und der Schaffner kontrollierte zuerst meine Freundin auf der rechten Seite. Meine Beobachtung war gespannt, wo Lena ihre Fahrkarte in ihrer Tasche verstaute und als die Kontrolle zu mir kam, konnte ich plötzlich eine Karte vorweisen. Meine Freunde waren total konsterniert. Sie haben nicht begriffen, wie ich plötzlich eine Karte in meiner Hand hatte. Sie haben gedacht, ich hätte sie auf den Arm genommen und meine Geschichte nur erfunden.

Als der Schaffner außer Reichweite war, erklärte ich Lena, von wo ich plötzlich die Fahrkarte hergeholt hatte. Etwas verunsichert hat sie dann endlich meine Reaktion verstanden. Wie sonst konnte ich meine Situation richtig darstellen? Nun war es an der Zeit, uns mit etwas weniger Nervosität um unser angesteuertes Ziel zu kümmern. Bis Skopje, die Grenze Griechenlands, lagen noch reichlich viele Kilometer vor uns, sodass wir uns zwischen Hitze und Kohlenstaub herumdrücken mussten und keinen Ausweg fanden, uns einer Körperreinigung zu unterziehen.

Der Zug ratterte noch einige hundert Kilometer weiter, bis endlich der erste Hinweis von Griechenland kam. Nun war es wieder die Kartenkontrolle, die unweigerlich auf mich wartete. Der Angstschweiß stand mir schon auf der Stirn, denn langsam begann ich an meinem Glück zu zweifeln.

Costa, der Mann von Lena machte mir klar, dass es mir nicht gelingen würde, ohne Karte nach Griechenland zu fahren. Er versprach mir, mit dem griechischen Schaffner zu sprechen, indem er ihm erklärte, wie ich meine Karte bei einem großen Gedränge im Zug verloren hätte. Aus finanziellen Schwierigkeiten, ich war eine nicht vom Reichtum gesegnete Studentin, könne ich mir keine neue Karte kaufen. Er, Costa, werde sich aber um mich kümmern und dafür sorgen, meine Rückfahrt nach Deutschland zu überwachen, damt es keine Schwierigkeit gibt, meine Heimat wieder zu sehen.

Der sehr nette griechische Schaffner kam auf mich zu und sagte mir mit einer sehr freundlichen und weichen Stimme in deutscher Sprache: „Sie sollen sehen, dass ich ein guter Grieche bin. Ich gebe Ihnen die Chance, bis Thessaloniki mitzufahren, damit sie dann den weiteren Weg mit viel Glück fortsetzen können." Schwer beeindruckt von so viel Menschenliebe umarmte ich den Schaffner und bedankte mich ganz herzlich für seine Gutmütigkeit. Er gab mir noch einige Tipps, wo ich mit wenig Geld sehr viel erreichen kann und ich war gerührt von so viel Liebenswürdigkeit.

Lina und Costa haben sich auch beim Schaffner für mich bedankt und nahmen mich zu ihren Verwandten mit, wo wir sehr freundlich empfangen wurden.

In Xylupolis, so nannte man den Ort, war gerade Tabakernte. Die Familie von Lena hat uns hoch erfreut aufgenommen. Einige Leute mehr zu finden, die sich an der Tabakernte beteiligten, kamen gerade im richtigen Augenblick, denn schließlich konnte sie jede  Hilfe für ihre Ernte gebrauchen. Für mich war das weniger interessant. Schließlich fuhr ich nicht nach Griechenland, um dort in einem Dorf etwas zu ernten, das ich selbst verabscheue.

Ein glücklicher „Zufall", mein Freund, brachte einige Besucher in das Haus, die Lena lange nicht mehr gesehen hatten. Sie luden uns zum Schwimmen auf der anderen Seite der Küste Thessalonikis ein und baten uns mitzukommen. Schnell entschlossen nahm ich die Einladung an und machte mich auf zum Schwimmen.

Wenn man sich abkühlen will, war es erforderlich, mit einem Schiff auf die andere Seite der Stadt zu fahren, um sich im kühlen Nass zu erfrischen. Nach unserer langen Reise konnten wir es nicht mehr erwarten, endlich ins Wasser zu springen und unsere Körper durch einige Schwimmübungen wieder auf Tour zu bringen.

Ein schöner Strand breitete sich vor mir aus und machte das Badevergnügen zur hellen Freude. Nach drei Reisetagen und höchster Anspannung

54

durch drei verschiedene Länder forderten unsere Körper ihren Tribut.

Die Freude von Linas Verwandtschaft konnte dadurch ausgedrückt werden, indem sie sich mit ihren Kindern eifrig im Wasser tummelten und sich gegenseitig voll spritzten. Am Strand waren einige Tische aufgestellt, die zum Essen und trinken einluden. Für mich war die Gepflogenheit der Griechen noch nicht bekannt, so stürzte ich mich auf Ouzo, den andere Griechen genüsslich mit kleinen Gemüse und Salatstückchen zu sich nahmen. Um nicht gleich von der Stärke des Alkohols überrascht zu werden, war es erforderlich, die bereits genannten kleinen Häppchen zu sich zu nehmen, damit der Alkoholgenuss von unseren Körpern besser vertragen werden konnte. Nicht Hunger, sondern Durst ließ mich vier doppelte Gläser mit einer dreifachen Wassermenge hinunterschütten. Da ich überhaupt keinen Alkohol in dieser Stärke kannte, muss ich wohl gleich umgefallen sein.

Als ich wieder aufwachte, lag ich in einem Zimmer mit einem Eimer an meinem Bett. Viele Kreise, die mein Gehirn wahrscheinlich schon hinter sich gebracht hat, taten das Fürchterlichste, was sich ein Mensch überhaupt vorstellen konnte. Ich stülpte meine Eingeweide nach außen und lies alles herausfallen, was überhaupt nur möglich war. Mir war speiübel und alleine die Vorstellung des Geruchs von Ouzo versetzte mich in einen Ekelzustand.

Dieses Gefühl dauerte ca. 20 Jahre, bis ich den Geruch von Anis wieder ertragen konnte.

Im Dämmerzustand hörte ich meine Freunde an mein Bett kommen, wo sie sich nach meinem Befinden erkundigten und mit etwas Gelächter das Bedauern für mich aussprachen. Mich zu wehren war wohl nicht möglich. Wer den Schaden hat, muss sich um den Spott keine Sorgen machen. Kurz und gut, am nächsten Morgen eröffnete ich Lena, meine Reise in Richtung Athen fortsetzen zu wollen. Der Tipp, den mir der Schaffner gegeben hat, führte mich mit einem Nachtbus an mein Ziel.

Die Hitze des Tages hat sich nur sehr wenig abgekühlt. So saß ich triefend vor Schweiß auf meinem Platz im Bus und wartete das Ende der Fahrt ab. Ein Cousin des Schaffners gab die Empfehlung an seine Cousine weiter, die mich bereits am Busbahnhof in Athen erwartete und zu sich mitnahm. Dort wartete bereits ein sehr schönes Mahl, das sie für mich vorbereitet hatte und mir servieren wollte.

Meine Auffassung über so viel Freundlichkeit kannte keine Grenzen, nur meine Müdigkeit ließ mir keine andere Wahl, als mich nach einem Bett zu erkundigen, wo ich mich endlich ausruhen konnte. Sicher hatte die nette Griechin eine andere Vorstellung von meinem Besuch, denn die Mühe, die sie sich mit der Vorbereitung des Essens machte, wurde von mir etwas zu kurz angenommen und so war der spätere Aufenthalt etwas gespreizt verlaufen. Glücklicherweise gab es gegenüber der Wohnung der Frau eine Jugendherberge, die ich gleich am nächsten Tag aufsuchte, um mich um einen Schlafplatz zu kümmern. Mit etwas Freundlichkeit konnte ich in dem überfüllten Gelage Menschen treffen, wo ich ein Bett zum Schlafen fand.

Die vielen Nationen, die dort anzutreffen waren, brachten wieder Spaß in mein Leben, und meine Müdigkeit war auf einmal wie weggeblasen. Zwei sehr nette Kölner, die mir ihren Aufenthalt in Athen richtig schmackhaft machten, nahmen mich mit zur Besichtigung der Akropolis und des anschließenden Besuchs der „Blaka", (Vergnügungsviertel von Athen), wo wir das Treiben und Handeln der Griechen erlebten und einige griechische Köstlichkeiten probieren konnten. Es waren so viele Händler, die uns mit ihren Speisen verwöhnten anwesend, dass ich, wenn ich noch einen Bissen mehr gegessen hätte, geplatzt wäre.

Am Ende unseres Ausflugs verrieten mir die beiden Kölner, dass sie am nächsten Tag mit einem Schiff nach Kreta fahren wollen. Interessiert an der Möglichkeit, eine Schiffsreise zu machen, erkundigte ich mich über die Modalitäten. „Was muss ich tun, um auch dorthin mitfahren zu können?" Die beiden Jungs erklärten mir, wenn ich einen Studentenausweis hätte, gäbe es eine Situation, sehr günstig an eine Karte für die Hin-und Rückfahrt zu kommen. Die Übernachtung wäre dann auch in der Jugendherberge in Heraklion.

Heute kann ich nicht mehr sagen, wie teuer die Fahrt war, aber vermutlich war sie sehr erschwinglich, denn ich hatte einen Studentenausweis, sonst hätte ich mir die Fahrt nicht leisten können.

Wir ließen den Tag gemeinsam ausklingen und ich war schon sehr gespannt und aufgeregt über die Reise mit dem Schiff nach Kreta. Insofern war mir das Schlafen in der Jugendherberge fast nicht möglich. Ich drückte mich in meinem Schlafgelage von der einen auf die andere Seite und ließ die Nacht an mir vorbeigleiten. Am nächsten Morgen unterzog ich mich einer Körperreinigung. Das frische Wasser von der Dusche habe ich ausgiebig genutzt, denn nach meiner Annahme war längere Zeit kein Wasser für eine Dusche zu finden.

Nun wartete ich anschließend auf die beiden Studenten, die gerade noch in aller Ruhe ihr Frühstück verzehrten. In meiner Aufregung habe ich ganz vergessen, ein Frühstück zu mir zu nehmen, aber als die Zeit drängte, mussten wir uns zu einem schnellen gemeinsamen Aufbruch entscheiden und deshalb habe ich auf mein Essen verzichtet.

Gottlob ließ ich mir von den Herbergsleuten noch etwas Proviant einpacken, der mich über den ersten Hunger hinweg brachte. Unterwegs mümmelte ich meine Brötchen und etwas Schafskäse mit Tomaten. Die beiden Reisebegleiter konnten nicht verstehen, warum ich mein Essen nicht schon in der Jugendherberge zu mir genommen habe. Meine

damalige Aufregung ließ einfach keine andere Möglichkeit zu.

## Die Schiffsreise nach Kreta

Wir fuhren mit einem öffentlichen Verkehrsmittel nach Piräus, in den Hafen von Athen, und unsere Orientierung ließ nicht lange auf sich warten, bis wir das Schiff fanden. Majestätisch schön hat uns die Megalonisos, das Schiff, mit dem wir reisen würden, erwartet. Die Sonne schien noch sehr stark und ließ den Abendhimmel bezaubernd und in den schönsten Farben am Horizont erstrahlen.

Meine Erwartung, endlich über die Gangway einsteigen zu können, musste kaum gestillt werden. Neugierig war ich auf das Innenleben des Schiffes. Ha, zwei Mitarbeiter der Crew schoben das Seil zur Seite und das hieß, jetzt können wir uns auf das Oberdeck begeben und die nachfolgenden Menschen beobachten.

Oben angekommen, wurden wir von der Mannschaft des Schiffes herzlich aufgenommen, die uns unsere Plätze zuwies. Für mich war das ganz einfach, denn ich hatte ja nur eine einfache Studentenpassage. So machte ich mich auf den Weg, das Schiff zu besichtigen. Ich schlenderte an der Reling entlang in Richtung Bug.

Plötzlich kam mir der 1. Offizier des Schiffes entgegen, eine sehr schöne männliche Erscheinung. Es war mir unmöglich, ihm auszuweichen, weil kein Platz dafür vorhanden war. Mir stockte der Atem, denn ich wusste nicht, wie ich mich jetzt verhalten soll. Er merkte meine Unsicherheit, gab mir seine Hand und den Hinweis, dass es ihm genau so gehen würde. Es war, als ob eine Bombe zwischen uns eingeschlagen hätte.

Er strahlte ein sehr sensitives Gefühl aus, was mich schwer beeindruckte. Ich war nicht in der Lage, an ihm vorbei zu gehen. Es musste unweigerlich zu einem Kontakt mit ihm kommen. Er gab mir zu verstehen, dass er sich um das Schiff kümmern müsse, aber anschließend an einem weiteren Treffen mit mir stark interessiert sei. Über diese Information war ich so glücklich. Ich konnte es kaum erwarten, bis er von seinem Kontrollgang zurück kam und wir endlich miteinander sprechen konnten.

Wir verwendeten jede nur mögliche Sprache, die zur besseren Verständigung beitrug. Unser europäisches Sprachgemisch hat uns dann doch die Richtung des gemeinsamen Verstehens zukommen lassen. Wir unterhielten uns rund drei Stunden. Und jedesmal, wenn er seine Kontrollrunde machen musste, dachte ich, na, war's das jetzt? Nein, er kam stets zu mir zurück. Ich fühlte mich in seiner Nähe sehr geborgen und verständnisvoll aufgenommen.

Etwa um ein Uhr morgens war ich durch die würzige Meeresluft so müde, dass ich ihm sagte, ich müsse mich jetzt um einen Schlafplatz kümmern, denn meine Passage gab mir keine andere Möglichkeit. Er sagte mir, in seiner Kajüte stünde ein Sofa,

wenn ich möchte, könne ich mich dort etwas ausruhen, während er sich um sein Personal und um
das Schiff kümmern würde. Na, ob ich wohl wollte? Klar, schnell hatte ich das Angebot angenommen. Meine Vorstellung, mich endlich ausruhen zu
können, entwickelte ein sehr entspanntes Gefühl in
mir. Kaum hatte ich mich hingelegt, war ich von
den Traumfeen auch schon in deren Träumen aufgenommen und ließ mich von ihren wunderschö-
nen Geschichten verwöhnen. Ihre ausgefallenen
Erzählungen bereiteten mir großes Vergnügen. Ich
fühlte mich leicht wie eine Feder, die durch den
Wind schwebend eine sehr schöne Richtung eingenommen hat. Wieder lief ich zwischen Flora und
Fauna hindurch und folgte den Wünschen der
Traumfeen. Durch zahlreiche wunderschöne Farben wurde ich in ein Paradies geführt, das schöner
nicht sein konnte. Mehrere kleine Feen tanzten im
Reigen zu der Musik, die von anderen Feen vorge-
spielt wurde.

Plötzlich, um fünf Uhr morgens, streichelte mich
jemand aus meinem Schlaf und gab mir zu verstehen, dass ich mich zum Aussteigen fertig machen
müsse, denn das Schiff würde in einer halben Stunde im Hafen von Heraklion anlegen. Es war der
erste Offizier, der mir die Möglichkeit des Schlafla-
gers in seiner Kajüte bot. Er reichte mir noch einen
sehr gut duftenden Kaffee und etwas Frühstück
und trank selbst eine Tasse Kaffee mit mir. Anschließend konnte ich mich noch einer Reinigung
unterziehen und musste dann leider auf den Weg

zum Ausgang gehen, wo ich sehr, sehr traurig über den Abschied war.

Bevor ich die Megalonisos verlassen musste, reichte mir Anthony, so war sein Name, seine Adresse und das machte mich überglücklich, denn jetzt wusste ich, unser Weg wird uns wieder zusammen führen. Er hat mir seine Rückkehr in den Hafen von Heraklion noch schnell mitgeteilt und mir zu verstehen gegeben, wenn ich Lust hätte, könne ich mit ihm in einer Woche nach Piräus zurückfahren.

Meine Freude darüber kannte keine Grenzen. Der Versuch uns zu umarmen, war leider aus gegebenen Umständen nicht möglich. So mussten wir uns voneinander verabschieden, ohne das Glück einer Berührung gehabt zu haben. Beim Aussteigen fielen mir meine Begleiter, die ich ganz aus meinen Augen verloren hatte, wieder ein.

Ich orientierte mich danach, wo es denn zur Jugendherberge in Heraklion geht, vielleicht konnte ich die beiden Jungs wiederfinden. Tatsächlich waren sie schon vor Ort und machten einen Plan, Kreta zu erobern. Bevor ich mit den beiden reden konnte, wurde ich von zwei Professoren des Goetheinstituts angesprochen, die sich bereits ein Auto gemietet hatten und mich fragten, ob ich denn griechisch sprechen würde. Als ich ihnen sagte, dass meine Griechisch-Kenntnisse noch etwas zu wünschen übrig ließen, aber die Möglichkeit, mich zu verständigen, sei wohl gegeben, wollten sie mich zu einer Rundfahrt quer durch Kreta mitnehmen. Ich stimmte natürlich zu, denn eine bessere Gelegenheit, als in einem Auto gefahren zu werden, schien mir nicht mehr zu kommen.

Die schöne Insel zu erkunden packte unsere gemeinsame Reiselust. Leider hatten wir uns um Proviant keine Sorgen gemacht, denn wir dachten, bei der nächsten Gelegenheit werden wir unsere Reisetaschen füllen und uns für die Weiterfahrt mit entsprechenden Vorräten eindecken können.

Das war ein sehr großer Fehler. Ein Geschäft zu finden, das uns die Möglichkeit bot, Früchte einzukaufen, war in weiter Ferne nicht zu sehen. Nur Olivenbäume, Feigenbäume und Brotbäume konnten wir rechts und links von der Straße erspähen. Am Ende eines Dorfes fanden wir endlich mehrere Kaktussträucher, die sehr gute, sehr duftende und reife Früchte trugen.

Sofort machte ich mich daran, einige Feigen zu pflücken. Leider habe ich nicht bedacht, die Auswirkung diese Früchte zu erleben, denn die sehr feinen Stacheln bohrten sich in meine Haut, die nur schwer wieder zu entfernen waren. Große Not tat sich um mich auf. Mit einer Pinzette, die ich glücklicherweise in meiner Reisetasche fand, versuchte ich die Kakteenstacheln ganz vorsichtig zu entfernen. Es gelang und ich war frei von Schmerzen und widmete mich nun den Früchten, die zunächst geschält werden mussten. Genüsslich verzehrte ich meine schwer erkämpfte erste Feige. Kaum zu glauben, etwas Essbares, das den ersten Hunger stillte. Nach dem Hunger folgte der Durst. Auch da hatten wir große Not, denn weit und breit war kein Süßwasser: Nur Meereswellen wohin das Auge blickte.

In weiter Ferne erspähten wir eine Taverne. Wir hielten das Auto an und traten in das Innere des Gebäudes. Ein freundlicher Wirt gab uns zu verstehen, dass er heute eine geschlossene Gesellschaft hat und uns nicht bewirten kann. Schließlich handelte es sich um eine Tauffeier und die ist in Griechenland ein besonderes Ereignis. Viele genüssliche Speisen wurden an unseren Augen vorbeigetragen. Den Duft des Essens kann ich heute nicht mehr beschreiben, aber damals war es, als ob wir im Paradies gelandet wären. Nur was nutzte das, der Wirt durfte uns nichts davon geben, weil es von der Familie bestellt war.

Er brachte uns den Rest aus der Küche. Aber gleichzeitig gab er uns zu verstehen, dass wir uns beeilen müssen, bevor die Gäste eintrafen. So schnell wie möglich schlangen wir das Essen hinunter, da kam auch schon der Älteste der Familie und sah uns beim Essen zu. Gut gelaunt stimmte er einen Sirtaki an und forderte uns zum Tanzen auf. Als er mich beim Tanzen sah, sagte er mir, er will mich adoptieren.

Was sollte ich jetzt tun? Ich gab ihm zu verstehen, dass meine Eltern schon auf mich warteten und sehr traurig wären, wenn sie mich nicht mehr sehen könnten. Unerwartet ging die Tür zur Taverne auf und die Mutter des Taufkindes kam mit einer ganzen Gefolgschaft herein und war sehr aufgebracht über unsere Anwesenheit.

Nun war es an der Zeit, keine Probleme aufkommen zu lassen und möglichst schnell zu verschwinden. Wir bezahlten unser Essen und machten uns auf zu unserem Auto. Auf dem Weg in die entgegengesetzte Richtung von Heraklion haben wir sehr schöne und informationsreiche Geschichten von den Griechen erfahren. Diese wollten wir natürlich erkunden.

Der Tag neigte sich und der Abend war vor uns und das hieß, eine Schlafmöglichkeit finden. Wir wussten nicht, was uns erwarten wird, aber wir waren guten Mutes und guter Dinge. Gemächlich fuhren wir die Straße in Richtung St. Nikolaos entlang. Auf einem Hinweisschild mussten wir aber erkennen, dass wir noch einen sehr weiten Weg vor uns hatten. Wir stoppten unser Auto und waren gerade dabei, uns im Meer etwas abzukühlen, da kam uns eine sehr nette Griechin entgegen, die uns einen Schlafplatz in Ihrem Garten anbot. Über die Gastfreundschaft waren wir so sehr entzückt, deshalb nahmen wir natürlich die Gelegenheit in Anspruch. Wir packten unsere Schlafsäcke aus, ordneten sie entsprechend im Garten, um etwas später

Ruhe und Schlaf zu finden. Es dauerte nicht lange, bis uns der dringende Schlaf einholte.

Früh morgens kitzelten uns die ersten Sonnenstrahlen und wir fühlten uns wie die Kinder Gottes, die bewacht den Schlaf gegönnt bekommen haben. Unsere Gastgeberin reichte uns sehr freundlich Weißbrot, Schafsmilch, Weintrauben und Butter. Bevor wir unser Frühstück zu uns nehmen wollten, hatten wir das Bedürfnis, unsere Körper zu reinigen. Wir sprangen in das vor uns liegende Meer und machten den Beginn, uns mit Seife zu waschen. Haben Sie schon einmal versucht, sich mit Seife im Salzwasser zu waschen?

Unsere Haut, die vom Salz und von der Sonne wie Leder wirkte, fing auf einmal ganz fürchterlich an zu jucken, sodass wir gezwungen waren unsere freundliche Gastgeberin um etwas Süßwasser zu bitten, damit wir unsere Tagesreinigung vollziehen konnten.

Eine herrlich handgestickte Tischdecke, die wir von der freundlichen Griechin geliehen bekommen haben, breiteten wir vor uns aus und stellten alle Köstlichkeiten darauf, die wir vorher von unserer Gönnerin angeboten bekamen. Im Paradies konnte es nicht anders sein, denn auch dort nahmen sich Adam und Eva Früchte aller Art, die ihnen im Garten Eden geboten wurden.

Meine Begleiter und ich überlegten uns, wie wir die weitere Reise fortsetzen wollten. Eine Landkarte wurde uns nicht zum Frühstück gereicht, so haben wir uns entsprechend an der Sonne orientiert. Wir kamen uns wie bei Robinson Crusoe vor. So muss er wohl auch seine Reise erlebt haben. Es war sehr spannend!

Wenn ich gewusst hätte, wie schön meine ungeplante Reise sein wird, hätte ich das nicht geglaubt und niemals für möglich gehalten. Wie viele liebe Menschen ich unterwegs getroffen und kennen gelernt habe, kann ich in diesem Ausmaß nicht erklären. Heute weiß ich, wenn wir uns den Menschen öffnen, werden wir immer freundliche Worte zugerufen bekommen und Freunde finden. Sage mir woher Du kommst, und ich sage Dir, wer Du bist!

Meine Reisebegleiter orientierten sich in Richtung Heraklion, das hieß für mich, neues Leben, neues Glück, Anthony!! Meine Aufregung, Anthony wiederzusehen fühlte sich an wie 40 Grad Fieber. Ich schlenderte am Pier entlang und suchte das sehr schöne Schiff, Megalonisos

Etwas entfernt konnte ich endlich den liebsten Menschen auf der ganzen Welt erblicken. Er lächelte mir sehr freundlich zu und gab mir zu verstehen, seine Mannschaft wäre im Hintergrund daran interessiert, uns zu beobachten. Vorsichtig ging ich am Pier auf und ab, und wurde dabei von sehr netten Griechen, eine Tochter mit ihrem Vater, angesprochen und zum Tee in ihrem Haus eingeladen.

Damit ich die Abfahrt des Schiffes nicht verpassen würde, bedankte ich mich ganz herzlich für die liebevolle Einladung und erklärte den beiden, dass ich noch auf einen Freund warten müsste. Etwas traurig verabschiedeten sie sich und gingen ihrer Wege.

Es war Sonntag. Die Sonne neigte sich zum Abend und so war es sehr angenehm, den Ausgang des Tages zu genießen, denn die Sonne nahm sich mit ihren Strahlen erträglich zurück. Ich hielt mich in der Nähe des Schiffes auf und konnte das Treiben rund um den Hafen beobachten.

Ein wunderbarer Duft drang aus der Kombüse, wo sich der Koch um das Abendessen für die Mannschaft zu kümmern hatte. Meine Magennerven waren bis an die Decke gereizt, so hat mich der Geruch aus der Küche gepackt. Leider konnte ich dort keine Bestellung für das Essen aufgeben, denn ich war von Anthony nur für die Überfahrt eingeladen worden. Auch wusste ich nicht, wo er sich in diesem Augenblick aufhielt, sonst wäre eine Bestellung bestimmt möglich gewesen.

Etwa um 20.30 Uhr setzte sich die Megalonisos in Richtung Piräus in Bewegung: Das hieß für mich, den freundschaftlichen Kontakt mit Anthony weiter zu erleben und neue Erkenntnisse über uns zu erfahren. Mein Wunsch, mit Anthony sehr lange rund um die Welt zu reisen, wird mir wohl nicht erfüllt werden können, aber Wünsche kann ich doch haben, oder nicht? Der würzige Geruch des Meeres ließ in mir eine sehr große Sehnsucht aufkommen. Jetzt wäre ich bereit gewesen, das Kapitänspatent für ein Schiff zu erwerben und selbst mit einem Dampfer kreuz und quer die Meere zu durchfahren, um Menschen auf der ganzen Welt zu begegnen.

Bloss keine Unruhe verbreiten! Ich lehnte mich an die Reling und wartete auf das Erscheinen von Anthony. Wie vertraut ist mir jetzt die Anwesenheit auf dem Schiff schon vorgekommen. Eine wunderschöne Geborgenheit und Ruhe gab mir das Gefühl, freundlich aufgenommen zu sein. Es gab keinen schlechten Gedanken in mir.

Um uns die Rückreise so angenehm wie möglich zu gestalten, verhielt sich die Mannschaft sehr respektvoll und mit gebührlichem Abstand. Ich muss sagen, ich habe bis dahin noch keine Menschen erlebt, die mehr Lebensqualität aufwiesen, wie diese Mannschaft.

Viele Meeres-Meilen, die wir mit dem Schiff abfahren mussten, lagen noch vor uns, und das hieß für mich großes Glück. Etliche Stunden, die mir die Möglichkeit boten, mit Anthony zu sprechen, machten mich zum glücklichsten Menschen der

Welt. Immer dann, wenn Anthony einen Rundgang machen musste, hatte ich nicht mehr das Gefühl, er wird vielleicht nicht wieder zurückkommen.

Seine distinguierte Art ließ in mir Sicherheit aufkommen, als Mensch geachtet zu sein. Ein sehr wohliges Gefühl zeigte mir, welche Möglichkeiten es gibt, mit wenig Erwartung unsagbare Freude zu erleben. In einigen Stunden diesen Ort verlassen zu müssen, schien mir in dem Augenblick nicht in den Sinn zu kommen. Mir ging es vielmehr darum, Freude und Glück zu erleben, was mir dieser Mensch nunmal entgegen brachte, und ich hatte den Wunsch, ihn wiederzusehen.

Leise bewegte sich die Megalonisos durch die Nacht: Der Mond, der unser ständiger Begleiter war, bahnte für uns den Weg auf dem Meer zu unserem Ziel. Mein Wunsch, das vor uns liegende Ende dieser Reise erheblich wegzuschieben, damit ich noch sehr lange mit den Menschen zusammen sein durfte, wird wohl auf sich warten lassen.

Es dauerte einige Stunden, bis wir in Piräus anlegen konnten. Mein Verlangen, das Ziel noch lange nicht zu erreichen, wurde durch meine Aufregung unterstrichen. In der Morgendämmerung zeigte sich uns der Hafen, und das hieß für mich, fertigmachen zum Aussteigen.

Beinahe gelähmt musste ich erkennen, mich mit der Tatsache des Verlassens des Schiffes vertraut zu machen und Anthony für lange Zeit nicht mehr wiedersehen zu können. Es fiel mir sehr schwer, meine Tränen zu unterdrücken. Noch schwerer war es, Anthony zum Abschied nicht umarmen zu können. Den Ausgang des Schiffes wollte ich am liebsten übersehen, damit ich nur ja nicht am Ende der Treppe festen Boden unter den Füssen bekam. Alle diese Wünsche halfen nichts, denn die Tatsache wartete direkt auf uns. Als ich in Piräus das Schiff endlich verlassen musste, konnte ich meine Beine nicht mehr vorwärts bewegen. Es war mir, als müsse ich mit der Mannschaft wieder umkehren.

Mein Freund „Zufall" ließ mich am Pier Reisegäste erkennen, die auch nach Athen fahren wollten. Es waren die beiden Professoren vom Goetheinstitut. Sie gaben mir zu verstehen, dass sie mich sehr gerne als Reisebegleiterin mitnähmen, vorausgesetzt ich hätte nichts dagegen. Natürlich hatte ich nichts dagegen. Ich war froh, jemanden gefunden zu haben, der mit mir meine Zeit teilte und das Erlebte gemeinsam zurück verfolgte.

Am Hafen war ein sehr bewegtes Treiben. Die Gäste warteten auf ihr Gepäck und so verging die Zeit und ließ uns den Weg nach Athen sorgsam auswählen. Unser Bus, der in Richtung Athen fuhr, stand schon wartend vor uns. Es war nicht sehr schwer, einen Platz zu finden, um den Weg nach Athen gemeinsam anzutreten. An einem Fensterplatz, den ich mir reserviert habe, konnte ich die sehr schöne Landschaft während der Fahrt beobachten. In den Sommermonaten ernteten Bauern die reifen Oliven und machten sie für die Presse bereit. Viele Kaufleute kamen zur Verkostung der verschiedenen Öle. Weitrauben warteten darauf, zu Retsina verarbeitet zu werden und die unzähligen Schafe, die emsig auf den Feldern ihr Futter suchten, waren gierig dabei, ihren Hunger zu stillen, schließlich sollte die Milch entsprechend gehaltvoll den besten Käse liefern, der in diesem Breitengrad überhaupt nur möglich war.

Einige Bauern, die Milch zu Schafskäse verarbeiteten und Weißbrot, das in den verschiedenen Dörfern gebacken wurde, konnte man genüsslich als einen sehr angenehmen Geruch in sich aufnehmen. Alle hatten genug zu tun, um ihre Interessen wahrzunehmen. An der Bushaltestelle in Athen war es glühend heiß. Unsere Körper sehnten sich nach kühlem Wasser, aber es gab leider nirgendwo Möglichkeiten, mal eben rein zuspringen. Erhebliche Konzentration zwang uns zur Beherrschung und nur so konnten wir die sehr hohe Temperatur ertragen.

Unser Weg führte uns zur Jugendherberge, die uns sehr günstig mit Essen versorgte. Auch ein entsprechender Schlafplatz wurde uns für die kommende Nacht geboten. Na, wenigstens diese Möglichkeit hatten wir sichergestellt. Die beiden Professoren wollten unbedingt die Akropolis und den alten Markt der „Blaka" besuchen. So hatten wir ausreichend Zeit, unsere Wünsche zu erfüllen.

Die Händler versorgten uns wie gewohnt mit unsagbaren Köstlichkeiten und ich hatte große Mühe, darauf zu verzichten. Ich kratzte meine wenigen Drachmen zusammen und kaufte mir Spezialitäten der verschiedenen Häuser. Gemeinsam traten wir den Weg zur Jugendherberge an und freuten uns auf unsere Betten.

Das gastliche Haus hatte mittlerweile auch viele, andere Besucher aufgenommen, sodass eine gemütliche Stimmung nicht erreicht werden konnte. Was blieb uns übrig, als uns mit den Gegebenheiten vertraut zu machen. Wie heißt es so schön, Platz ist in der kleinsten Hütte. Wir schränkten uns entsprechend ein und stimmten einige Lieder an, die ein Gast mit seiner Gitarre vorspielte. Jeder von uns sang ein Lied aus seiner Heimat und demzufolge kam es zu einer sehr schönen Veranstaltung.

Die Musik wurde so temperamentvoll von dem Gitarrenspieler vorgetragen, dass wir zum Singen und Tanzen regelrecht aufgefordert wurden. Durch unsere Lust, den Gitarrenspieler weiter anzufeuern, kam ein ganz tolles und freudiges Fest zustande. Hier kann man wieder einmal erkennen, wir brauchen nicht sehr viel, um unser Leben interessant zu gestalten. Nur etwas Phantasie und Offenheit hatte uns den Weg zu einem schönen und gemeinsamen Abend begleitet und wir konnten Zufriedenheit und Freude empfinden.

Die Tatsache, dass wir uns alle durch Zufall kennengelernt haben, war umso schöner, als wir merkten, wie der Genuss auf Spaß entstehen kann. Freiheit, die wir gemeinsam ausstrahlten. Nicht Technik und diverse verschiedene Materialien bringen uns Spaß, sondern wir selbst können durch das Öffnen unserer Gedanken und Herzen Freude empfinden.

Um unsere Wünsche und Sehnsüchte anderen mitzuteilen, ist Sprache neben Gestik die einzige Möglichkeit, uns auszudrücken. Warum nutzen wir sie nicht? Ist es einfacher, Menschen vor bunte, bewegliche Bilder zu setzen, die ihre eigene Phantasie blockieren?

Wie können wir unsere Freude und Erfahrung anderen mitteilen, wenn nicht durch das Sprechen. Langsam war unsere Stimmung so weit fortgeschritten, dass uns die Herbergseltern darauf aufmerksam machten, uns etwas zu mäßigen und unser Gejohle zu reduzieren, damit andere Mitbewohner ihren Schlaf finden können. Natürlich wollten wir keinen Ärger herbeiführen, so folgten wir den Anforderungen der Jugendherberge und zogen von dannen. Es war ja auch Zeit für mich, endlich mein Bett aufzusuchen, denn am nächsten Morgen wollte ich meine Rückreise nach Thessaloniki antreten. Unvorstellbar war für mich in dem Moment der Gedanke, das beginnende Ende meiner wirklich tollen Reise ins Auge zu fassen. Mit meinen wenigen Drachmen, die sich in meiner Tasche befanden, war ich schon sehr bemüht, gute Ideen zu produzieren.

Damit ich meine Rückreise schadlos antreten konnte, brauchte ich den absoluten „Kick". Auch hatte ich Angst vor den Auswirkungen, die mit großen Schwierigkeiten zu bewältigen waren. Schließlich musste ich sie ohne Ticket erleben, was nicht so ganz einfach war.

Mein Freund „Zufall" gab mir die Gelegenheit, einen LKW-Fahrer kennenzulernen, der geradewegs nach Larissa zu einem Kloster fuhr, wo ich mit ihm mitfahren konnte. Er machte mich auch darauf aufmerksam, eine tolle Spezialität, eine Art Eintopf, auf den er sich schon sehr freute und zu dem er mich auch einladen wollte, zu bekommen. Ich hatte nichts dagegen, denn mein Magen hing sowieso schon bis auf den Knien. Es war kaum zu erwarten, die angekündigte Köstlichkeit abzulehnen.

Bei unserer Ankunft konnten wir schon den sehr gut riechenden Duft einer Gemüsesuppe erkennen. Umso spannender war für mich der Gedanke, endlich gutes Essen serviert zu bekommen. Als ich vor meinem Teller den Inhalt der Speise sah, musste ich erkennen, dass es sich hier um eine Pansen-Suppe mit Gemüseeinlage handelte. Sofort war mein Hunger wie weggeblasen, denn bei uns wird Pansen nur den Hunden zum Fressen vorgesetzt. Um meinen freundlichen LKW-Fahrer nicht zu beleidigen, stocherte ich in der Suppe herum und fischte lediglich die Gemüsestücke heraus. Mit etwas Brühe war die Menge größer und somit der Inhalt für meinen hungrigen Magen etwas mehr. Mit Brot konnte ich die Suppe auch besser zu mir nehmen.

Endlich hatte der Fahrer seine Suppe aufgegessen und nun war es an der Zeit, unsere Fahrt nach Thessaloniki fortzusetzen. Langsam wurde es kühler und das gab mir die Möglichkeit, etwas Schlaf zu bekommen. In der Dämmerung war es für mich schwer, anhand der Landschaft zu erkennen, wo wir uns befanden. So begnügte ich mich damit, den Gesang des Fahrers und der Musik aus dem Radio zu lauschen.

Die griechische Musik lässt sich mit etwas Leichtigkeit und Frohsinn sehr gut aufnehmen und zum Mitsingen animieren. Der griechische Fahrer war gut gelaunt, als er merkte, wie ich mich in dem Gesang einbrachte, und wie schön wir zusammen harmonierten. Uns war total entgangen, dass Thessaloniki seine Pforten öffnete und uns zu verstehen gab, angekommen zu sein. Der LKW-Fahrer führte mich noch bis zum Hauptbahnhof und verabschiedete sich dann, indem er in eine andere Richtung fuhr.

## Am Hauptbahnhof in Thessaloniki war ein reges Treiben

Den wartenden Schwierigkeiten aus dem Weg zu gehen, hieß es jetzt wieder: Auf der Hut sein! Am Bahnhof war ein reges Treiben. Viele Reisende warteten auf den Zug nach Deutschland. Einige waren als Gastarbeiter zurück in ihrer Heimat, um dort ihre Familien zu besuchen, nach denen sie sich schon eine halbe Ewigkeit gesehnt haben. Jetzt war es an der Zeit, sich mit der Rückreise vertraut zu machen. Was für Anspannungen sorgte. Mit dem Bewusstsein, ihre Liebsten sehr lange nicht mehr treffen zu können, haben verschiedene Anwesende ihre Partner traurig zum abfahrenden Zug gebracht.

Studenten, die ich am Bahnhof kennengelernt hatte, fragten mich, wohin meine Reise gehen würde. Ich erklärte ihnen, dass ich auch Studentin bin und meine Rückreise ohne Ticket antreten muss, weil ich kein Geld mehr habe. Schockiert über diese Tatsache, versuchten sie mir zu helfen, indem sie für mich Geld sammelten und so einen Teil meiner Reise bezahlten. Ergriffen nahm ich das Angebot an und versuchte, den Rest der Reise mit viel Geschick zu ermöglichen.

Ich mischte mich unter die einsteigenden Fahrgäste. Und als ich einige Männer in ihre Abteile gehen sah, setzte ich mich einfach neben sie. Mein Freund „Zufall" ließ mir das Glück zukommen, Männer mit den besten Früchten gefunden zu haben, die mir auch einige Stücke anboten und gut riechendes, griechisches Weißbrot mit frischer Butter und Joghurt reichten.

Endlich erklang das Signal für die Abfahrt des Zuges. Die Art und Weise der griechischen Männer gab mir Sicherheit, mich jetzt zu äußern. Ich erzählte ihnen mein Problem und bat sie um ihre Hilfe. Sogleich machten sie verschiedene Vorschläge, mich zu verstecken. Aber alles schien mir zu unsicher. Ich überlegte, wie wir eine sichere Möglichkeit finden konnten. Nachdem der Schaffner zur Kontrolle kam, hielt ich mich zwei Waggons weiter hinten auf und bat einen der Männer, mit zwei kontrollierten Karten zu mir zu kommen, um mir eine auszuhändigen und mit der anderen Karte wieder an seinen Platz zurückzugehen.

Es klappte! Die Männer waren so erstaunt über den Erfolg, dass sie sagten: „Wozu kaufen wir eine teure Karte nach Oslo" (das war das Reiseziel einiger Anwesender), „wenn wir auf diese Weise wenigstens eine Karte hätten sparen können".

Die Fahrt durch das damalige Jugoslawien zog sich endlos lange hin und die Hitze, die wir ertragen mussten, war umso schwieriger. Wir konnten keinen Speisewagen aufsuchen, denn es war keiner vorhanden. Womit sollte ich auch in den Speisewagen kommen? Meine wenigen „Penunsen" waren noch mehr geschrumpft und so war jede Überlegung zwecklos. Geduld ist etwas in meinem Leben, dass ich gelernt hate. Sorgsam beobachtete ich die Fahrgäste im Zug und bewegte mich vorsichtig im Wagon auf und ab.

Meine Mutter sagte immer: „Kind, wenn Du etwas wirklich willst, wirst Du es bekommen. Wenn Du es nicht bekommen hast, hast Du es nicht gewollt!" Wie recht sie hatte. Meine Zuggefährten und ich vergnügten uns mit dem erreichten Ziel und wir freuten uns, endlich an der österreichischen Grenze angekommen zu sein. Hier wurde das Personal erneut vorschriftsmäßig ausgetauscht und die Zöllner beschäftigten sich damit, unsere Pässe zu kontrollieren.

Der Zug hatte durch die verschiedenen Kontrollen etwas Zeit gebraucht, bis die Reise endlich fortgesetzt werden konnte. Wir waren unserer Sache insofern sicher, als dass wir ruhig unsere Plätze eingenommen haben und einige „Späher" beauftragten, sich über die Situation dahingehend zu informieren, ob ein Kontrolleur in Sicht war. Langsam hatte ich richtig Spaß an meinem Tun und es war ein richtig gutes Gefühl, mein ungeplantes Vorhaben beinahe bis an mein Ziel durchgehalten zu haben.

Unser geübtes Dasein gab uns die Möglichkeit, sicher bis zur deutschen Grenze fahren zu können. An der Grenze hatte ich aber doch ein sehr blödes Gefühl. Glücklicherweise hatte der Zug ca. 20 Minuten Aufenthalt. So entschloss ich mich dazu, kurz vor der Grenze zum Bahnhof zu laufen, um mir dort eine Fahrkarte bis München zu kaufen. Und ich hatte recht!!! Der deutsche Beamte kontrollierte wirklich jeden Fahrgast, sodass kein Entkommen möglich gewesen wäre.

Man soll doch immer auf sein Gefühl achten, dann gäbe es weniger Probleme. Wenn ich heute meine Ausgaben zusammen zähle, komme ich auf ein Volumen von ca. 40,00 EUR. Nie hätte ich diese Reise so schön erleben können, wenn ich weniger risikobereit gewesen wäre. Heute überlege ich, welches Risiko ich eingegangen bin. Ich hätte niemals den Antritt dieser Reise gewagt, wenn ich mir über die Folgen Gedanken gemacht hätte. Wahrscheinlich war es meiner Jugend und meiner Sorglosigkeit zu verdanken, wie ich mich verhalten habe.

Endlich fuhr der Zug in München am Hauptbahnhof ein und unsere müden Körper kramten unsere Utensilien zusammen, um unsere Wohnstätten in Richtung Giesing mit der Straßenbahn zu erreichen. Dort angekommen, war alles für mich sehr ungewohnt. Obwohl der Alltag mich einholte, fühlte ich mich, wie in einer anderen Welt. Das Erlebte konnte mir niemand mehr wegnehmen. Aber wie kann man mit so vielen Erfahrungen reicher sein, wenn man sie nicht erzählen darf.

## Im Siemenswohnheim

Im Siemenswohnheim suchte ich meine griechischen Freunde auf und zeigte ihnen alle meine Reise-Errungenschaften, die ich erstanden hatte. Gerade war ich beim Sortieren meiner Fotos, da kam auch schon eine sehr nette Arbeitskollegin in mein Zimmer, die unbedingt meine vielen Neuigkeiten erfahren wollte.

Als ich ihr die Bekanntschaft mit Anthony verriet, bat ich sie auch sogleich, mir bei einem Brief, den ich Anthony schreiben wollte, behilflich zu sein. Mein Griechisch war doch noch nicht so weit, dass ich Anthony den Brief mit den schönsten Worten, die mir einfielen, hätte umkleiden können. Ihre Bereitschaft, meine Begeisterung für Griechenland an Anthony weiterzugeben, war grenzenlos und so war es möglich, eine europäische Freundschaft entstehen zu lassen.

Es vergingen mehrere Tage, bis ich mich endlich dazu entschloss, Anthonys Brief in Worte zu fassen und ihn von meiner griechischen Arbeitskollegin übersetzen zu lassen. Natürlich konnte ich nicht kontrollieren, was sie übersetzt hat, aber die nachfolgenden Briefe, die Anthony schickte, gaben mir Sicherheit, eine ehrliche Übersetzerin gefunden zu haben. Er schrieb mir in immer kürzeren Abständen und ich konnte es kaum erwarten, den nächsten Brief erneut in meinen Händen zu halten.

Monate, nachdem ich wieder in Deutschland war, kam mir mein Bewusstsein sehr naiv vor, denn die Möglichkeit, Anthony wiederzusehen schien mir beinahe aussichtslos. Und hier funktionierte der Hinweis meiner Mutter wieder wie am Schnürchen. „Wenn du etwas willst, wirst du es bekommen! Hast du es nicht bekommen, dann hast du es nicht gewollt!"

Mittlerweile habe ich mich an die Tatsache gewöhnt, tausende Kilometer von Anthony entfernt zu sein. Die Sehnsucht, ihn zu sehen, hat sich in Gewohnheit umgewandelt. Irgendwann setzte sich einfach die Tatsache fest, einen guten Freund irgendwo in der Welt gefunden zu haben, dem die große Entfernung immer weniger ermöglichte, ein gemeinsames Treffen zu suchen oder zu arrangieren.

Um wenigstens mit meinem Studium voran zu kommen, blieb mir nichts anderes übrig, als meinen gewohnten Tagesablauf zu organisieren. Ein ganz normaler Wochentag ließ mich meine Arbeit aufsuchen. Um Ordnung in dem Chaos zu finden, sortierte ich in meiner Tasche etliche Dinge. Da fiel mir ein, dass ja Samstag war, und ich nicht zur Arbeit musste.

Plötzlich klingelte das Haustelefon und die Frau in der Annahme bat mich, nach unten zu kommen. Als ich in die Halle kam, traute ich meinen Augen nicht. Dort wartete eine Gestalt, die wie Anthony aussah. Das kann doch nicht wahr sein? Tatsächlich wartete Anthony auf mich. Er kam mir lachend entgegen und nahm mich ganz fest in seine Arme und drückte mich, dass ich fast keine Luft mehr bekam.

Ich kann dieses Glück heute nicht mehr beschreiben, aber es war etwas noch nie Gekanntes und Schönes in meinem Leben. Eine gewisse Vorahnung, dass etwas sehr schönes passieren würde, gab mir die Idee, etwas Ausgefallenes anzuziehen. Ausgerechnet das neue Kleid, welches ich mir vor Tagen gekauft habe, schmückte meinen Körper. Als ich mich von dem Schock erholte und in der Lage war, meine Gehirnzellen vernünftig einzusetzen, machte Anthony den Vorschlag, ein schönes Abendessen gemeinsam einzunehmen.

Wir fuhren mit dem Taxi zu einem griechischen Restaurant, dass uns der Taxifahrer empfohlen hatte. Der Abend war entsprechend schön und angenehm organisiert. Bisher konnte ich immer noch nicht glauben, meinen liebsten Freund neben mir sitzen zu sehen. Um die folgenden Stunden traumhaft erleben zu können, war es an der Zeit, mich endlich zu entkrampfen. Anthony bestellte sehr gute und interessante griechische Spezialitäten und ich fühlte mich wie im Paradies, wo die Speisenfolgen in einer sehr angenehmen und schönen Art serviert wurden.

Wir tranken sehr guten griechischen Wein, der meine Zunge löste. Endlich plauderte ich beinahe sorglos über mein Leben, das ich Anthony natürlich erzählen wollte. Schließlich konnte er nicht wissen, warum ich als Studentin in einem Siemenswohnheim wohne.

Mir schien es sehr wichtig, ihm meine Situation zu erklären, denn in Griechenland war die Zeit unseres Zusammenseins um irgendwelche Informationen in dieser Richtung abgeben zu können, zu kurz. Sein Leben musste er nicht lange erklären, denn ich habe seinen Tagesablauf miterleben dürfen. Es vergingen Stunden, die wir in der griechischen Taverne verbrachten. Es nahm kein Ende, obwohl doch noch ein besonderes Erlebnis vor uns lag. Wir fuhren mit einem Taxi zu dem Hotel, das Anthony vor seiner Ankunft gebucht hatte und nun kam die Entscheidung für mich, mit ihm zu gehen, oder …?

Kurz entschlossen ging ich mit ihm auf sein Zimmer. Große Unsicherheit ließ mich das Erlebte in Wien wieder in meinen Kopf holen. Ich hatte große Angst, mich der folgenden Situation auszuliefern. Anthony merkte meine Bedenken und ging ganz vorsichtig und distinguiert mit mir um. Es bedurfte keiner Erklärung, denn mein liebster Freund hat sich mir sehr verständnisvoll genähert. Ich verbrachte die ganze Nacht mit ihm und war unsagbar glücklich. Seine Zärtlichkeit gab mir die Geborgenheit und Liebe, die ich immer vermisst habe. Ich wünschte mir, diese Nacht möge niemals enden und mir dieses unsagbare Glück jederzeit zur Verfügung stünde.

Am nächsten Morgen erklärte er mir, zum Hafen nach Hamburg fahren zu müssen, weil dort sein Schiff liegt, mit dem er seine Rückreise wieder antreten muss. Als wir uns endlich verabschiedeten, hatte ich das Gefühl, ihn für lange Zeit nicht mehr sehen zu können. Unser Leben orientierte sich einfach in verschiedenen Richtungen. Wir umklammerten uns, so als müsse man uns mit Gewalt voneinander trennen, aber es half nichts; unser Leben ging weiter und jeder von uns musste seinen Kurs fahren.

Nach mehreren Wochen kam endlich eine Nachricht von ihm, dass er gut in Griechenland angekommen sei und dass er sich mit großer Sehnsucht an unseren gemeinsamen Tag erinnert, den er gern nochmals erleben möchte. Natürlich war ich über seinen Brief sehr erfreut, aber gleichzeitig machte ich mir wenig Hoffnung auf ein baldiges Wiedersehen. Es verging sehr viel Zeit, denn unser Alltag forderte seinen Tribut. Jeder von uns hatte seinen Tag auszufüllen, um sein Pensum zu erreichen.

Mehrere Briefe schickten wir hin und her und die Hoffnung, wir könnten uns einmal wiedersehen, sollte mit jedem Brief schmelzen. Vor kurzer Zeit bekam ich ein Album in meine Finger, das ich im Oktober 1967 mit den dazugehörigen Bildern fand. Ich schrieb dazu folgenden Text:

Begonnen hast Du wie die Flut
von Meereswellen umringter Glut.
Doch jetzt, da Ebbe herrscht am Strand,
verlassen von tobender Brandung der Sand. Vorbei bist
Du, oh schöne Zeit. Nie kommst zurück Du, nie so weit.
Nur die Erinnerung an Dich, gibt mir dies Album allzeit-
lich.

## Auszug aus dem Siemenswohnheim

Es war wieder einmal das Sommersemester beendet, da entschloss ich mich, aus dem Siemenswohnheim auszuziehen und mir eine geeignetere Wohnung zu suchen, wo ich ungestört mein Studium absolvieren konnte, um mein Ziel schneller zu erreichen. In Schwabing gab es in der Türkenstraße ein Jazz-Restaurant. Dort hatte ich tierisch viel gearbeitet und meinen Körper entsprechend eingesetzt.

Durch Gesang und Tanz ließ ich gute Stimmung aufkommen und die Gäste fühlten sich durch meinen Einsatz aufgefordert, mitzumachen. Der Tagesumsatz im „Allotria" verdreifachte sich und ich verdiente dadurch auch gutes Geld. Der Besitzer konnte sein Glück gar nicht fassen. Noch nie hatte er durch sein Personal so viele Einnahmen. Mir war aber klar, so kann mein Leben nicht weitergehen.

## In München tobte die Stadt vor Aufregung

In München tobte die Stadt vor Aufregung. Viele Menschen haben sich mit der vorliegenden Olympiade beschäftigt. Es mussten Unterkünfte und Schlafplätze für die ankommenden Sportler organisiert und Sportplätze gebaut werden, wo für die Sportler die Möglichkeit bestand, entsprechend zu trainieren. Die Stadt war in heller Aufregung, denn der Termin für den Beginn des Festes stand direkt bevor.

In den Schulen wurden verschiedene Reigentänze probiert und viele Frauen flochten Blumenkränze, die die Auftritte der Schüler durch die bunten Blumen entzückend verschönen sollten, um damit deren Reigentänze zu einem bunten Sommerfest erstrahlen lassen. Die Münchner beteiligten sich am Nähen vieler Kleider, die die Schüler zur Eröffnung angezogen bekamen.

Am nördlichen Teil von München musste die Schutthalde entfernt werden. Um das Bauen des Olympiazentrums zu ermöglichen, gruben Bagger viele Löcher und begannen den Schutt abzutragen. Da hat sich ein großes Ereignis aufgetan. Als Bagger die vielen Schutthaufen entfernen sollten, hatte man festgestellt, dass dort ein russisches Mini-Dorf einsam und schon seit vielen Jahren von einem Eremiten und dessen Frau Natascha bewohnt und bewirtschaftet wird. Es gab dort auch kleine Gärtchen und Unterkünfte für die Tiere, die für die Ernährung der beiden Menschen bereit standen.

Viele tausend Münchner bildeten lange Schlangen, um die einsamen Dorfbewohner aus Russland kennenzulernen. Sie waren entzückt von der friedlichen Ausstrahlung der beiden Bewohner und freuten sich, einen sehr interessanten Informationsbesuch machen zu können. Das unbekannte Paar kam noch während des zweiten Weltkrieges beinahe barfuß bis München, und nutzte die Gelegenheit, sich dort in der Schutthalde niederzulassen, weil es für sie eine gute und günstige Möglichkeit war, ihr Leben zu organisieren. Sie steckten ihre Ziele entsprechend ihres Vorhabens und begannen das Dorf mit viel Liebe zu planen und zu bauen.

Väterchen Timofey, der handwerklich wohl sehr begabt war, baute eine russische Kirche und ein Haus, in dem er und seine Frau wohnten, auch baute er verschiedene Ställe für seine Tiere, damit er sie entsprechend versorgen konnten. Um dann auch letztendlich selbst davon zu profitieren. legte er verschiedene Gärtchen rings um das Dorf an und züchtete Pflanzen, die er für seine Speisen täglich erntete und somit für sich und seine Frau für ein langes Leben sorgte. Als die Münchner von dem Schauplatz erfuhren, bildeten sich täglich lange Gassen mit Besuchern, die unbedingt mit der merkwürdigen Geschichte dieser beiden Menschen vetraut werden wollten.

Diese Unterkunft war in keinem Grundbuch oder Katasteramt verzeichnet. Aus diesem Grunde war es auch nicht möglich, dieses zierliche Dorf irgendwo zu finden. Väterchen Timofey war immer sehr froh und freundlich und hat den Besuchern Platz angeboten, um ihnen seine Geschichte zu erzählen. Laut meiner Information wurde er 110 Jahre alt. Das Alter seiner Frau ist mir leider nicht bekannt. Die vielen Besucher, die täglich den Kontakt zu den russischen Dorfbewohnern suchten, waren sehr daran interessiert zu erfahren, wie man sich so lange unbemerkt aufhalten kann.

Endlich war es so weit. Am 26. August 1972 wurde die Olympiade durch Avery Brundage, dem 5. Präsidenten des Internationalen Olympia-Komitees eröffnet. Viele Sportler haben sich an der Eröffnung beteiligt und die Welt hat sich darüber gefreut, so viele Menschen in München willkommen zu heißen.

Sportreporter Harry Valerien war an der Übertragung des Festes beteiligt und kommentierte sehr engagiert das Geschehen der Sportler. Die Münchner organisierten dieses schöne Fest mit sehr viel Einsatz und haben sich darüber gefreut, eine internationale Zusammenkunft bereitgestellt zu haben, wo sich viele junge Menschen austauschen konnten.

Alles schien entsprechend den Anforderungen und der Planung richtig zu sein, bis ein entsetzliches

Unglück durch Übeltäter die Situation zu einem Desaster werden ließ. Es passierte ein Albtraum. Terroristen, die morgens früh die Unterkünfte der israelischen Sportler überfielen, nahmen elf Sportler als Geiseln gefangen, um widerwärtige Forderungen zu stellen und die Freilassung verschiedener Terroristen zu erpressen. Sie schleppten die Männer aus dem Olympia-Dorf und mit Hubschraubern zum Luftwaffenstützpunkt nach Fürstenfeldbruck. Dort stand eine Boing 727 bereit um die israelischen Sportler nach Kairo zu bringen.

Leider kam es zu keinem Abflug, denn die Maschine war von deutschen Polizisten nur zum Schein organisiert worden. Die Münchner Sicherheitskräfte waren viel zu schlecht organisiert, um die Ernsthaftigkeit der Situation zu erkennen. So wurden elf Sportler von den Terroristen erschossen.

Deutsche Politiker und Sicherheitskräfte haben die Situation leichtfertig überspielt und sind auf Forderungen der palästinensischen Terroristen nicht eingegangen. Deshalb wurden noch weitere Menschen erschossen, sodass insgesamt 15 Anwesende ihr Leben lassen mussten. So hatte der Tod wieder einmal entsetzliches Unglück ins Land gebracht und die Menschen in ihrer Trauer zurückgelassen. Schlimm genug, dass so etwas an einem für den Frieden organisierten Fest passieren musste. Noch schlimmer, dass man die Situation nicht ernst genommen hatte.

Am nächsten Morgen musste der Journalist Harry Valerian die traurige Mitteilung verkünden, die Olympiade wahrscheinlich zu beenden. Nach langem Verhandeln kam man zu dem Ergebnis, die Spiele doch fortsetzen zu wollen, und sich nicht von terroristischen Machenschaften aufhalten zu lassen. Deshalb ging Avery Brundage ans Mikrophon und verkündete die Fortsetzung der Spiele.

Nur wenigen Menschen war es möglich, zum Tagesablauf über zu gehen. Dazu war der Schock noch viel zu groß. Aber was sollte man machen? Fast gelähmt versuchten die Münchner die Situation zu verarbeiten und die Welt um Verständnis zu bitten. Jeder fragte sich, wie so etwas sein konnte? Warum müssen schöne Gedanken, die für den Frieden organisiert wurden, von abscheulichen Terroristen zerstört werden. Warum können wir Menschen nicht einfach im Frieden leben und miteinander glücklich sein?

Die Fortsetzung der Spiele wurde sehr traurig und beinahe still weitergeführt und von Freude, die für Besucher als ein Erlebnis dargestellt werden soll, eher gefehlt aufgenommen.

Sicher wird es in der Zukunft nicht mehr solche Spiele geben können, denn die Angst, die damit einhergeht, wird die Abhandlungen ewig begleiten. Es werden tausende Schutzpersonen ausgebildet werden müssen, um entsprechende Maßnahmen für Sicherheit bereitstellen zu können.

Schon die gedankliche Aufzählung lässt uns den Schweiß auf die Stirne treiben. Deshalb wäre es erforderlich, in Zukunft von solch fürchterlichen Entscheidungen abzusehen und alle Möglichkeiten für den Frieden zu organisieren.

## Einladung nach Paris

Total erschöpft von dem Erlebten, wurde ich von der UNESCO nach Paris eingeladen, um mich dort um ein sehr ernstes Thema zu kümmern. Viele Jugendliche beschäftigten sich mit dem Thema „Droge". Durch Aufklärungsarbeit hat die UNESCO Zusammenkünfte organisiert und den Versuch unternommen, den jungen Menschen zu helfen.

Ein enormer Einsatz für entsprechende Organisationen wurde zusammengestellt, um Informationsarbeit zu leisten. Beinahe rund um die Uhr waren wir darum bemüht, jungen Menschen zu helfen. Wir wollten sie von dem Vorhaben, sich mit Drogen zu vergiften, abbringen und sie einem schöneren Leben zuführen. Damals war es beinahe unmöglich, Überzeugungsarbeit zu leisten; denn wir wurden meistens verlacht und von Menschen, die bereits „vergiftet" waren, verjagt.

# Hamburg

Alle vorher aufgezählten Schicksale ließen mich zu dem Entschluss kommen, meine Zelte in München abzubrechen und mich dem geliebten Theater wieder zuzuwenden. Kaum war ich damit beschäftigt, mich gedanklich von München abzuwenden, stand auch schon ein sehr guter und bekannter Freund an meiner Seite, der mir einen Auftrag anbot, nach Hamburg ans Schauspielhaus zu kommen.

Jetzt war die Zeit gekommen, mich von München zu verabschieden und meine Zelte in Hamburg aufzuschlagen. Traurig  packte ich wieder einmal meine Koffer und verließ alle meine Freunde in München. Ich fuhr mit dem Zug nach Hamburg, wo mein Leben eine neue Wendung nahm. Der Herbst war in Hamburg erheblich strenger und trostloser. Jedenfalls sah die Einladung einer Stadt anders aus als hier. Die Menschen gingen nebeneinander her und machten sich gedanklich für den Winter bereit.

Eines Nachmittags saß ich an der Alster auf einer Bank und beobachtete eine Entenfamilie, die in einem geringen Abstand an mir vorbei schwamm. Alleine der Gedanke an das kalte Wasser ließ mich meinen Mantel enger an mich ziehen. Ich konnte mich einfach nicht daran gewöhnen, in einer Stadt leben zu müssen, die in mir ein erhebliches Frösteln hervor rief. Ich beobachtete die schlendernden Menschen, die ihre Kleidung ebenfalls enger an sich zogen, um der Kälte etwas zu entgehen. Gleichzeitig sah ich, wie die Hamburger miteinander umgingen. Da konnte ich erkennen, wie freundlich sie zueinander waren, was mich für den Anfang etwas positiver stimmte. Auf dem Nachhauseweg hörte ich verschiedene Spaziergänger von einem Ereignis an der Rothenbaumchaussee erzählen. Ein Sänger namens Udo Lindenberg plane ein sehr großes Fest an der Alster, wo es ein „Haus der offenen Tür" geben soll. Für mich war klar, mich unter die Menschenmenge zu mischen, denn ich wollte neue Freunde kennen lernen.

Gerade als ich es mir gemütlich machen wollte, schrie jemand aus der hintersten Reihe: „Brigitte, was machst Du denn hier? Ich habe dich überall gesucht, denn ich wollte dir eine Rolle anbieten. Es gibt da ein Theaterstück von Roland Milard, wo ein Gesangspart für dich wie auf den Leib geschrieben ist. Hast du Lust, dabei mitzumachen? Sage jetzt bitte nicht nein, denn ich brauche dich unbedingt. Es ist das Theaterstück `Abelard und Heloise`. Viele Dogmen, die in diesem Stück vorkommen, passen ausgerechnet auch in deine Lebensauffassung!"

Leider musste ich ihm mitteilen, dass ich mich darum bemühte, mein Schauspielstudium positiv fortzusetzen, deshalb habe ich mich in einer sehr bekannten Schauspielschule angemeldet. Demzufolge war ich nicht frei in meinen Entscheidungen.

Damit ich für seine Proben zur Verfügung stehen konnte, bot er mir an, sich mit der Direktorin zu unterhalten, um mir drei Monate Freizeit für das Theaterstück zu erbetteln. Gesagt, getan…! Schon war ich für die ersten Proben eingeteilt und musste mich mit den zeitlichen Änderungen entsprechend arrangieren. In dem Theaterstück waren sehr berühmte Schauspieler, wie zum Beispiel Gunther Mack, engagiert.

Ich spielte eine Nonne, die mit viel Temperament bei den übrigen Schwestern für Ordnung und Frohsinn sorgte. Die Proben dauerten ca. vier Wochen und je näher wir dem Premierentag kamen, desto größer war meine Aufregung. Die Premiere war an einem 13. Januar und wurde in Göttingen aufgeführt. Anschließend sind wir mit dem Theaterstück durch mehrere Länder gefahren, um dort die Aufführungen stattfinden zu lassen.

Diese Arbeit hat sehr viel Kraft von uns abverlangt, denn wir mussten abends vor vollen Häusern und verschiedenem Publikum unser Können beweisen. Die Bühnenbauer, die entsprechende Kulissen hinter uns hergefahren haben, sind an einem Tag in einem anderen Ort gelandet als vorgesehen. So standen wir in Oldenburg ohne Kulissen und mussten auf die Gunst der Zuschauer hoffen, die sich den Theaterabend so sehr gewünscht haben. Gottlob hat dann nach einer Stunde doch noch alles geklappt und das Spiel konnte beginnen. Die Oldenburger zeigten sich sehr verständnisvoll und dankbar. Als Pluspunkt versprachen wir den Zuschauern, nach der Aufführung noch einige Gläser Wein mit uns zu trinken. Sie waren einverstanden und schlossen sich unserer Einladungen gern an. Am nächsten Morgen ging die Tournee mit sehr müden Schauspielern weiter. Da noch zahlreiche weitere Aufführungen geplant waren, mussten wir unsere Kräfte einteilen, um bei den abendlichen Vorstellungen die Menschen mit unserer Arbeit zu erfreuen.

Täglich in einem anderen Bett zu schlafen war schon sehr anstrengend. Abends spät ins Bett zu kommen und morgens früh raus zu müssen, hat etwas mit Überforderung zu tun. Um wieder pünktlich in den Theaterhäusern zu sein, sich mit den neuen Garderoben anzufreunden und Schmink-Utensilien in den vorgesehenen Räumen zu finden, hatte immer etwas mit nervlicher Anspannung zu tun. Es gab Zeiten, wo wir alle so gereizt waren, dass nur noch Anfauchen geholfen hat.

Auch wenn die nervliche Überreizung manchmal nicht mehr zu ertragen war, hat sich während und nach den Theateraufführungen alles zum Guten gewendet. Nach jeder Aufführung belohnte uns der Applaus der Zuschauer und so konnten wir das Ende der Tournee doch noch zufrieden erleben und mit dem erreichten glücklich sein. Journalisten haben uns in jeder Stadt ordentliche Kritiken geschrieben. Für einen Künstler sind gute Kritiken sehr wichtig. Sie geben Sicherheit für das Spiel im

Theater. Am Ende der Tournee sind wir total abgeschlafft in Hamburg angekommen und konnten unser normales Leben wieder genießen.

Natürlich gab es sehr viel zu erzählen, denn wir lernten in Holland, in der Schweiz und in Deutschland viele Städte und viele Theater kennen. Durch den fortwährenden Wechsel war es uns oft nicht geläufig, wo wir uns gerade befanden.

Einmal waren wir in einer Stadt, in der der Karneval eine große Rolle spielt. Natürlich wollten wir uns das nicht entgehen lassen. Wir kauften verschiedene Köstlichkeiten ein und zur Freude aller Kolleginnen und Kollegen organisierten wir in einem Zimmer eines Hotels ein ausgiebiges Fest. Woran ich mich diesbezüglich erinnere, war der Stress, den wir am darauffolgenden Tag hatten. Mit großer Mühe hatte uns der Regisseur wieder entsprechend aufgebaut, sodass die Vorstellung am Abend gesichert war.

Drei Monate mit Schauspielern in drei verschiedenen Länder unterwegs zu sein, kann nur jemand verstehen, der das auch schon einmal mitgemacht hat. Aber auch das muss man einmal erlebt haben.

## Bau des Musikforums in Bochum

Vor einigen Jahren fragte man mich im Rathaus, ob ich einen Vorschlag für eine Kirche machen möchte, bevor sie abgerissen werden muss. Musik oder Theater wäre doch etwas, was den Menschen gefallen könnte, war meine Antwort. Bevor die Welt eckig wird, muss ich meinen Einsatz bringen.

Die Informationsarbeit in einer Einkaufsmeile sorgte für zahlreiche positive Zustimmung der Bürger, natürlich votierten einige Menschen auch dagegen: Unnötig und zu teuer – das waren die Hauptargumente der Gegener. Der Rat der Stadt Bochum beschloss am 9. März 2011 den Bau des Musikforums unter bestimmten Bedingungen, insbesondere rechtsverbindliche Bereitstellung privater Spenden in Höhe von 14,3 Millionen Euro, Verfügbarkeit von Fördermitteln in Höhe von 16,528 Mio. Euro, Einhalten einer Baukostengrenze von 33,3 Mio. Euro und gebäudebezogene Folgekosten von maximal 650.000 Euro.

Den Architektenwettbewerb gewann das Planungsbüro Bez + Kock. Im Entwurf „konnte der räumliche Charakter der Kirche bewahrt, ja, dieser zum Maßstab erhoben werden: In ihrem Chor liegt der doppelte Haupteingang, ihr Schiff dient als Foyer, die Garderobe befindet sich unter der Empore der früheren Orgel, und von den vier Glocken, die, hergestellt vom Bochumer Verein für Bergbau und Gussstahlfabrikation, aus statischen Gründen aus dem Turm genommen wurden, schlägt die größte (mit dem Ton b wie Bochum) als Pausengong." (Wikipedia)

Von diesem Entwurf überzeugt, beschloss der Rat der Stadt am 5. Juli 2012, dass die genannten Bedingungen erfüllt seien. Mit dem Bau des Musikzentrums wurde 2013 begonnen. 14,6 Millionen Euro der Baukosten wurden von privaten Spendern beigetragen. Zudem beteiligte sich auch die Anneliese-Brost-Stiftung an den Kosten. Die kalkulierten Baukosten wurden letztlich nur um rund 10 Prozent überschritten – ein für öffentliche Bauten dieser Größe gutes Ergebnis. Die Eröffnung erfolgte plangemäß im Oktober 2016. „Die Bochumer Symphoniker erhalten damit die Anerkennung, die sie sich schon lange erspielt, und das Domizil, das sie so lange entbehrt haben" (Andreas Rossmann in derr FAZ). Zudem „hat sich Bochum durch dieses Projekt als handlungsstarke und erfindungsreiche Kommune ins Bewusstsein gebracht", so Reinhard Brembeck in der Süddeutschen Zeitung.

Wenn man abends auf der Viktoriastrasse in Richtung Zentrum fährt, kann man die schöne Beleuchtung in den Kirchenfenstern der Marienkirche neben dem Anneliese-Brost-Musikforum sehen, die dem Stadtbild eine interessante Atmosphäre bietet. Bochum hat wieder Kunst geschaffen, die viele Besucher begeistert.